U0601069

用文字照亮每个人的精神夜空

领读

我曾说过，小园宜秋，它没有绚烂的大片春花，也没有华丽的炫人的建筑，一架藤、一流水、几棵老树，衬托了小阜陂石，可以谈心、可以品茗、可以拍曲，更容我孤赏、与我周旋了。

——陈从周

陈 从 周 作 品 精 选

世缘集

陈从周 著

燕山大学出版社

·秦皇岛·

图书在版编目（CIP）数据

世缘集 / 陈从周著. -- 秦皇岛 ： 燕山大学出版社，
2025. 3. --（陈从周作品精选）. -- ISBN 978-7-5761-
0771-5

Ⅰ. I267

中国国家版本馆 CIP 数据核字第202484XT43号

世缘集
SHI YUAN JI

陈从周　著

出 版 人：陈　玉	选题策划：北京领读文化
责任编辑：刘　阳	特约编辑：田　千　贺晓敏
责任印制：吴　波	封面设计：InnN Studio
出版发行：燕山大学出版社	电　话：0335-8387555
地　址：河北省秦皇岛市河北大街西段438号	邮政编码：066004
印　刷：河北赛文印刷有限公司	经　销：全国新华书店

开　本：889 mm×1194 mm　1/32	印　张：8.75
版　次：2025年3月第1版	印　次：2025年3月第1次印刷
书　号：ISBN 978-7-5761-0771-5	字　数：142千字
定　价：58.00元	

目　录

1　　　早梅芳讯

4　　　阳和庆早春

7　　　饯春

10　　清凉在绿

12　　小城春色

15　　东湖雨后

18　　西湖的背影

20　　南北湖

23　　僧寺无尘意自清

27　　宜秋

29 秋思

31 同里退思园

34 曲园感慨多

43 约园浮梦

46 依绿园

48 依绿园记

49 五上鲁西

51 记鲁游御寒

53 听笛

56 听曲杂记

58 叶浅予尊师

61 清泉出谷音

63 故居

68 乡音里的乡情

71 徐志摩碑与石刻画像

75 著书与赠书

77　　愛书读书

79　　叶品三先生谈往

81　　我与苏南工专

83　　"军训"杂记

88　　说龟

90　　我心不忍

92　　重修豫园东部记

93　　重修片石山房记

94　　重修汾阳别墅记

95　　重修水绘园记

96　　柳州石记

97　　东湖小记

98　　龙华塔影园记

99　　楠园小记

100　　昆明鸥群

102　　《徐志摩年谱》自序

105 《江浙砖刻选集》自序

111 《玄采薇画》序

112 《玉佛丈室集》第四卷序

113 《喻蘅艺文丛稿》序

116 《日本园林》（汉译本）序

118 《印度建筑史》（汉译本）序

120 《上海地名路名拾趣》序

122 《江南建筑文化》序

124 《江南水乡古镇》序

126 《绍兴古迹》序

128 《西泠石伽石谱》序

129 《古城寻趣——平遥》序

130 读《龙井茶及其他》

133 《名人与茶》序

135 《平屋杂记》序

136 《生活情趣集成》序

138　《许元魁书法》序

139　《葛如亮建筑艺术》序

141　《兆琪曲谱》（中国台湾版）序

143　《地灵人杰》序

146　《秦新东盆栽》序

147　《半野堂乐府》跋

148　谈张森的书法

150　读《南国声华——周颖南海外创作四十年》

151　跋《般若波罗蜜多心经》讲义

152　《中华古代文化中的建筑美》序

154　《中国古代园林文学》序

156　《世界公园漫步》序

157　中国园林散记

181　无书游旅等盲君（外二篇）

186　欲说还休怨"旅游"

189　旅游琐谈

191 苏州旧住宅

232 梓室余墨

257 对上海市档案馆的希望

259 病中情

261 虞美人

262 后记

早梅芳讯

　　在云南昆明安宁植物园见到早梅初放，太依人了，高清无华。宋人诗曰："疏影横斜水清浅，暗香浮动月黄昏。"我小住园中几天，水边月下，可惜没有花影吹笙，而我又没有春风词笔，就是这样干巴巴享受了几度清趣。

　　我是生长在江南的人，"聊寄江南一枝春"，古来就是这样。西湖郭庄重修竣工，我题了一联："枝上胭脂分北地，裙边风景尽西湖。"自觉能写出几分郭庄神态，因为郭庄以梅取胜呐！

　　常人总爱好花绿叶，梅花就是没有叶，因为无叶，树干枝态，挺秀如书法，正仿佛看名家翰墨，呈现在素色的天空与粉墙下，斜照的阳光，使素影更空灵了。因此我看梅先看枝干，慢慢转眼到和粉添脂的花下，又飘来了淡淡的暗香，清茗把手，沁人心脾。这些情景，从童年直到现在，半世纪多，每到春前，憧憬还依旧。

　　香雪海里观梅林，也许是一般人喜爱看的，如苏州邓尉山、杭州超山、上海淀山湖大观园，都是赏梅佳地，似繁花如锦啊！但是我们造园者，尤其是我，欢喜孤赏一二

［唐］张祜《梅图》

枝古梅名种。花下徘徊，寄我遐思，也许有点酸气吧！

　　落梅影里，早黄杨柳，迎来了春色，大地回春了，人们是从梅萼梢头，意识到一年的美满未来，所以中国人以梅为芳讯，以梅为国花，以梅比人品，以梅入名字，以梅为斋名，有梅饼、话梅等等，中国人可说以梅为欢，与茶叶一样，是高雅的享受。国有国格，人有人品，从梅花的姿态性格、颜色，我更热爱祖国。新春之际，可以雪中探梅，可以雪中梅与水仙作为家庭清供，围炉细品，如果配以昆曲的音乐与清唱，那是具有中国民俗风格的雅叙，"室雅何须大，花香不在多"，人间天上，同兹清福。

1992年壬申新春前夕，瓶花妥帖，没有豪华的小斋中，也没有半点尘俗，我们大家期待着新一年的幸福与愉快。早梅，带来了温暖的消息，温暖了每个人的心。

辛未岁暮于梓室冬晴明窗前

阳和庆早春

初冬小阳春天气，锦江小礼堂满堂温暖，几代门生以及亲戚好友，同祝我师、宗长直生（陈植）老人九秩华诞。我入门泥首下拜，感谢对我五十多年来栽植之恩，老人回礼，白头师生，同下热情之泪。这太不寻常了。吾爱吾师，吾更爱中华，老人是中华人瑞，是师表，当代建筑界大师元老。

老师隔日有电话给我，娓娓长谈，内容往往长达半世纪以上，因为我们乡谊、世谊、师谊，关系与了解的琐事太多了，从他祖父蓝洲（陈豪）先德，一直到他儿子艾先上学。蓝洲老人是清官，晚岁回杭州，一心经营烟霞洞风景，杭人感其恩，为刻像于洞侧，这件事今人忘却了。几年前我游烟霞洞，在杂草丛中发现刻像，我设法移置在杭州碑廊。老师对我做了这件事太兴奋了。他8岁祖父去世，儿时往事，常常同我说。他说祖父养的金鱼被他搞死了，祖父问哪人做的，他就当面认错，祖父说孩子诚实，没有责备他。这是处世为人以诚，老师用此教人。这次老人家寿辰，名人送了许多书画，他妥为收藏起来，房间内还是挂的他祖父的遗墨，他对我说："这是祖孙之爱，我永远不会取下来。"他爱菖蒲，因为他家世代以此为文房清供。我亦爱菖蒲，小园中养好了送去，他说在这小小草中，见到了上辈清贫处世的象征。他的情操就是如此，见人于微，他以人们见不到之处，用以感染人，太可贵了。

北京钱学森兄来信说他的旧居已作为文物保护单位，感到很惭愧，我将此事告诉老师，他说均夫先生房子很简陋。我说我去过的，一点不错，均夫先生是学森父亲，是老师尊人仲恕（汉第）太夫子的门生，学森兄与我同为蒋家婿，他的岳父蒋百里先生，亦是仲恕太老师门生，老师念旧，往事历历记忆犹新。最近他写了怀念杨仁辉（廷宝）、童伯潜（寯）的文章，几十年的事，件件清楚，充满了感情。老师为人严肃，但又是深情者，古道可风啊！

有一次老师、艾先父子俩与我同坐在一车中，老师说："我是陈老，你是老陈，艾先是小陈。"因为艾先是我学生，所以他这样寻开心，太风趣了。在老幼之间没有隔阂，有人情味，所以长寿。

母校之江大学同学会，这次祝老师寿，叫我画了一张松树兰花，后来他对我说，你的兰花有九朵，太好了。

我真佩服，九十老人观察事物竟那么细致。

老师世代书香，祖父蓝洲先德的诗画，父亲仲恕太夫子承家学，老师余事作画，写字苍劲如其人，他与梅兰芳先生同为汤定之（涤）老画师门人，如今画名为建筑所掩，从他的笔墨中与行事中，都是表现出精力充沛。惊人的成就，年开期颐，百岁同庆，是我们期待着的喜事啊！祝老师健康长寿。

要写的太多了，拙笔何能表大德于万一，初阳煦照，记了这些官样颂词外的东西，也许师生之谊，就是蕴藏在极平凡的事物中。

1991 年 12 月 12 日

于同济大学

饯春

近来美国华盛顿有处中国园林，要我主持设计。我总是构思迟迟，兴趣不浓，而着意的倒是我门前的小园。"添得樱花开烂漫，小窗修竹人家。"我盘桓周旋其间，却和我的心情很融洽，我就是这样穷得美啊！这是小园，我自己国土的小园，容我闲坐、闲行、闲顾曲，土生、土长、土开花。老去情怀，过点闲适生活，中国学人的生活。

晚春天气是那么清新，因为安静，偶然传来几声鸟语，我虽不能了解它，但却能知情，是愉快的声音，是和我友善的交往。它在我身边，也和我一样忘世忘机。几盆菖蒲是青得那么可爱，质朴无华、沁人心脾。见了它，似乎在提醒我，繁华如梦，红极一时的鲜花，终于都入燕巢泥。而这不被人注目的长青盆栽，却流露了冬夏不凋萎，与世无争、与人无怨的品格。我的老师陈直生（植）先生，可说是菖蒲世家。他祖父蓝洲先生，父亲仲恕（汉第）先生，叔父叔通（敬第）先生，都是廉吏清官，他自己又是建筑大师。最近直生师问我要去了一盆菖蒲，自己细心着意地欣赏栽养着。当他谈到菖蒲时，一种对先人的孺慕之情，太可贵了。他爱菖蒲，实际上更爱他清芬的家世，也可以说寓德于草木吧？宋人诗句："不忍今春孤负雨，自收檐水浸菖蒲。"从前邵裴子先生写过给我。邵先生是大学者，做过浙江大学校长，他是仲恕、叔通二先生的学生，也奇怪，他与我一样，从师门中接受了对菖蒲的爱好。

［明］沈贞吉《菖蒲图》（局部）

我们浙江人家，从前天井中都有几盆菖蒲，书桌上也摆设着，用洗笔的淡墨水做肥料，养得葱郁明目，也是文人雅事，如今是不见了。

春悄悄地去了，换来的是"午阴嘉树清圆"与"新笋已成堂下竹"的初夏天气。看花又是明年，一番惆怅，这是谁都有的感情。昨天豫园听曲归来，今朝小园怡神，回到书斋中信笔写了这些，也可说是送春吧！

1990 年初夏

清凉在绿

　　学校为了保护我们这批专家，送入了冷室般的空调间，这美意是深厚的，同时也安了小辈的孝心，不应该做不适应90年代的人了，然而也不应该令人"入室为安"，没有一点感触的。

　　寂寞隔世的生活，见不到阳光、听不到鸟语，没有一点绿意与一丝清风，仿佛是在"冷库"。清晨该信步回家了，要看看昨晚与我道声再见的孙女，高楼华灯灿烂，这是白天啊！电梯是坏掉了，我有些像下山，慢慢地走下去。在楼梯中，我在想，现代化设施没有现代化管理，比原始生活还不及，且卫生设备也停工了，没有水，同时我也是急于解决一次"卫生问题"，所以行动中慢中有快了。

　　"蝉鸣门外柳，人倚水边亭。"这是十多年前到广州修六榕寺塔的词，那时广州还没有今天进步，在宾馆中我还能"还我自然"，过几天书生生活。如今看了"公关小姐"的电视，我也不敢想了。总之人是落后了。

　　同济大学的校园与新村，我们花了几十年的苦心，已经做到炎日不见阳光的境界，谈不到清凉世界，也足可以使从市区来的人们惊喜，温度相差很大。当我从大楼下来，听到蝉声了，见到初阳了，赏到绿意了，吸到新鲜空气了，我是真正地回到大自然中，太可爱了，这比高级的建筑宝贵多了。十年树木，至少也得十年，但这数字还是绿化中最低的效果指标。前些日子，上海园林管理局吴振千局长与杨浦区吴光裕区长到我这寒舍来，大家谈道，上海的污染日重，而绿地又在减少，也许在严重影响气候，这几天的高温可体验到了。对这两位关心人民生活的公仆，我是致以敬意的。

阳光斜射在草地上，黄得很柔和，渐渐地射过树丛，阴影浓郁得醒目；穿过绿荫的晨风，轻快爽身，世界上真与纯洁的事物，永恒地存在，永恒地受人依恋，亦永远消灭不了，也代替不了。如今人们着眼于人为的事物，恐怕人未必能彻底胜天。天理人情我们无法抗拒，顺之者昌，逆之者亡，我从这几天的"小休"中，也悟到了浅薄的哲理，可能又要被讥讽为不识"现代化"的老顽固。愚者千虑，废话妄听，浅说微微，而听者不妨渺渺吧。

1990 年 8 月

小城春色

今年入春来多雨，我自云南昆明归，在我设计的"楠园"工程中，因工作太累，又兼以气候不适应，抱病而归。缠绵未愈，真是"三分春色二分愁，更一分风雨"。病中时时浮起童年时的小城春色，含泪微笑，一切成往事了。乡里的旧屋已经不存，街坊都变了样，现实却磨灭不了我的回忆。"未老莫还乡"，这也是人之常情，想来谁都是有的。

江南的小城太富有诗意了，几湾流水，几条小巷，平桥拱桥，古树垂柳，信步其间，闲适自在。白墙上挂下的绿叶小花，微动在春风中，是一幅画，画上又引起我的遐思。偶然墙脚边，遇到一只痴卧的倦狗，听见人声，也会伸个懒腰，立起来摇尾一下，一点儿也没有恶意，因为是邻家养的，人与狗之间还是友好的。慢慢走到桥上，看那自在的行船，船上有时也放着几盆花，不知从何处带来的春色，这些邂逅的春情，亦未能淡忘。

小城没有公园。粉墙内的人家，都有小园天井，有高树、有盆栽，入门是不寂寞的。读书人的书斋中有菖蒲、有水石小景，安静有书卷气。一杯新茗，浮上春意，偶然拍下一段昆曲，又是"袅晴丝吹来闲庭院"了。小城的春色蕴藏在每一个角落，这就是中国文化。

"小楼一夜听春雨，深巷明朝卖杏花。"勾起了人们小城中欣春之心。那春笋、鲈鱼，又是在口味中尝到春意，大宾馆的冷气货，无异洋滋味，徒然增我惆怅。小城中勤劳善良的人民，在他们身上没有豪华，没有不切实际的幻想。我记得陈蓝洲老人画过一张画，市河中小船倚岸，小船夫在午卧，题上一句"此儿从不梦长安"，天真极了，平静雅淡，这种境界我也曾见到过，如今不能享受了。清晨，头上插着野花的村姑入小城来，近午提篮而归，愉快轻松。我见到了人情，在她们头上又看到了春色。

小城中只有流水，没有喷泉，亦没有扰人的音乐，平静得如水一样。最近与建筑大师、我的老师陈植先生谈城市建设，他说得好，中国人的水景是自上而下流的，极少涌出来的，喷水池似乎不适合国情。这话讲得真有理，到底是老一辈的学者，对事物观察透了。看来喷水池似乎不宜建在小城市中。

我最近到过浦东川沙，那倚城的一个小学，校外古城一角，出城门流水似环，城墙上漫满着野草野花，有阁二层，登临可眺望全城，阁中竖立着岳飞书法一碑，启人以爱国主义，在学校中很是得体。我想，正在开发的浦东，不妨留点小城民居，在规划时心中不能"大"字作怪，小与大原是对比的，无小便无大。小城春色，依恋难忘，就是有一个"情"字在。流水落花春去也，看花又是明年。立夏写了这些，聊代饯春之辞而已。

1991 年 5 月

东湖雨后

　　是一幅画，是一首诗，我有些模糊了。雨后的绍兴东湖正如酒后薄醉，看得清，看不清，要仔细着意，摆脱俗情去看。我不想成高士，但眼前的景物确使人飘飘然。

　　三十几年来，我不知到过东湖多少次。安排花木点缀泉石，真正留下磨灭不了的柔情，要算这次初夏雨后初晴的清晨了。我原意去东湖为友人作几幅画，但一入景区，小坐"扬帆"舫，便不移步了。似乎有种迷醉人的幻觉，使我痴了，啊，山水之美有胜于美人呀！

　　本来我屡到东湖，似乎是半个工人，足不驻步，没有半点闲暇。这回却不再是"园盲"了，要低眉斜视，看中有想了。原来人们看东湖，都是仰面看山，而我呢，却要倚栏闲眺，不用从头看到脚。

　　看山不能忽视水，水中的山是幻景，虚实相映，而断崖、水湾、小桥、岩洞，却是景之眉眼，变化亦最大。雨后的东湖，山色太华丽清新了，仿佛是一幅宋元青绿山水；山痕的斧劈皴，是南宋水墨山水难以下笔的。石色在雨后斑驳成多种色彩，苔痕淌翠，点缀着一些黄花，真是一尘不染。我怀疑，这种颜色，可能人间尚制造不出呢。林间的鸣禽，夹杂了许多新鸟的歌喉，并不是清一色的叫声。我希望听惯迪斯科曲的朋友，不妨在这种没有一点市气的环境中享受一下，可以多少脱离点凡尘。越水清，自古美赞。水清要有石，山水相接的静波，那才耐看了。石在水中忸怩作态，偶然来了几尾游鱼，又摇漾了寂静的止水，这中间可以悟彻人生，美并不是在灯红酒绿间。小径依稀，东湖没有大道，不见汽车扬尘，要信步闲行。初夏天气，清晨十分宜人，湖区多的是竹与芭蕉，万竿淌翠、蕉叶遮阳，淡妆的东湖，比浓妆的西湖，在身份上也许较高一筹罢？

　　水游于山影柔波中，轻盈得如浮萍，没有丝毫的目的，让它去荡桨罢！山穷水尽，船弯入水洞中，观天一线，山水几淌，寒意侵人，人多少有点清醒。大自然原是能教育启发人的。

　　"宛自天开"是我东湖题壁。东湖原是古代采石之地，可见古代人没有炸山，将石头粉身碎骨，而是很平整地一层一层取石。到后来因地制宜，略加整理，山容水貌便出来。古为今用，这对现在的开山，大有借鉴之处。要石而得景，这中间大有文章可做，东湖就是典范。为什么要石头而吞灭风景呢？值得深思。如今有多少山区人在做蠢事，最令人发指的就是要石头不要风景，干干净净全部肃清，愧对祖宗、贻辱子孙；更不能以东湖为先例，借此乱开山。"还我自然"这个道理还有必要讲讲，风景是资源，要重视它啊！

1990 年 5 月

西湖的背影

6月我去绍兴，汽车过杭州，没有经闹市区，从西湖背面径道上钱塘江大桥，湖面仅见到一角，是个背影，仿佛女演员进场，回眸一笑，却百媚乍生了。世间的美，不必看尽，有时留恋与回忆，却往往比面对着来得动人。

回来后这几分钟的车行却带来了无限的遐思，我自信眼未昏花，有选景择景的能力，也许与我本行有关。车将到卧龙桥，我就开始注意了，果然郭庄（汾阳别墅）到了，虽然粉墙断垣，正在修理，负责的人是我学生陈樟德，早要我去看一下。这园能得到重视重修，应该感谢《新民晚报》登载我那篇《郭庄桥畔立斜阳》文章，不然可能今天已破毁无遗了。我感到欣慰，所以无论如何要下车去看一下，这是救园人的心愿。

进得园来，陈君不在，我独行、独看，人们也不认识我，我只当做一个临时游客，倒也十分自由。几年不见已是卸尽残妆，还我初容，再打扮一下，是绝世佳人了。应该说是西湖私家园林硕果仅存者。我救此园，正如我过去救苏州网师园一样，心情是可理解的。将来也可与网师园一样，名震世界。"不游郭庄，未到西湖。"有那么一天吧？

郭庄有副旧联，题的是："红杏领春风，愿不速客来醉千日；绿杨是烟水，在小新堤上第三桥。"写得太美了，园景全出，我立在湖边望苏堤，又做了不速之客，自己感到太超脱了。游园就该以这样风度去游。陈君颇能解我意，修旧花园，应该说是复园，要体会当时设计时的意境，还它本来面貌，如今已能依稀看得出来了，等于一张照片在显影药水中，渐渐清楚了。

湖畔的素柳，蒙蒙像一层薄帘，斜阳反射了湖光，有浅有暗，苏堤如玉带般平卧在近处尽头，轻盈得柔弱无力，仿佛浮在水上；飘逸的清态，更是一尘不染。南宗山水秀润之笔，于此得之了。坐久两忘机，归途入梦迷，车匆匆去山阴道上了。

畅游固好，小游亦佳，我这种应该说是忙里"偷游"。也许自我感觉中，这次"偷游"郭庄，看了一个西湖背影，却留下了迷离难忘的幻景，太依恋了。

1990 年 7 月

南北湖

　　"观山观水观日，品茗品橘品笋。"这是多次游览海盐南北湖风景区后得出的评价。

　　南北湖湖临东海之滨，地处沪杭之中，面积1800市亩，比杭州西湖玲珑，比扬州瘦西湖逸秀。湖上有堤，堤上有桥，桥旁有亭。东曰"明星"，是为纪念1932年上海明星影片公司名演员胡蝶等来此拍摄电影《盐潮》而建。西曰"小宛"，是明代末年秦淮名妓董小宛随冒辟疆来此避难葬花的遗址。湖上碧波粼粼，白鹭飞舞，湖周是成片的橘林和桃园。春日桃红柳绿，秋季硕果累累，加上白墙黑瓦的民居点缀其中，组成了一幅幅朴素、典雅的农村风光图画。此外，湖周还有"垂虹落雁""荆陵初晓""西涧草堂"等风景点，各有特色，都足使游人流连忘返。

　　过堤西行，名"思顾岭"，是唐代海盐诗人顾况经常驻足的地方。这里，左侧是山、右侧是湖，景色为之一变。继续西行，则两侧山峰夹峙，路旁一小溪，流水淙淙；小鸟时鸣，峰回路转，引人入胜。顺小径逐渐登高，约半里，一座古城堡在面前高高矗立，此谈仙岭石城也。

石城占地不多，但因位于崇山峻岭之中，又用巨石砌筑，显得特别雄伟险峻，故有"江南八达岭"之称。上得城来，有箭楼一座，举目四望，东属海盐县，南北湖历历在目；西接海宁市，黄湾乡一片平畴。谈仙岭正处在宁、盐两邑交界，故历来为兵家必争之地。明代，抗倭劲旅戚家军曾在此驻防。鸦片战争期间，清政府在此再筑石城，故至今在城内立有抗倭英雄、海宁卫指挥徐行健石雕像。

穿过一片竹林和茶园，在竹海尽头，千年古刹云岫庵，露出红墙一角。庵内供奉观世音菩萨，有雪窦泉、古银杏、藏经阁、鸟还亭、古戏台、大铁鼎、仙鹤池、小成就塔等"云岫八景"。其中雪窦泉为优质矿泉水，烹茗最佳，故云岫庵素有"海上名山"和"夜普陀"之称。再往南是鹰窠顶，每年农历十月初一清晨，在此能看到"日月并升"的天文奇景。然后下山，即是黄沙坞橘村，这里三面环山，南面向海，故秋暖夏凉，小气候特佳，栽培柑橘已有八百多年历史，所产本山橘，皮色金黄、甜中带鲜，产量占杭嘉湖地区80%。

沿山脊线往北是北木山，满山桂花，花卉四时不断，苗木郁郁葱葱，附近还有金牛洞和茶磨山摩崖石刻等名胜古迹。综观南北湖风景区的特色：山有层次、水有曲折、海有奇景，集雄健与雅秀于一处，故历来为南宋水墨山水的范本，文人画家描绘歌咏之宝地，比之杭州西湖，毫不逊色。西湖是浓妆，南北湖是淡妆，是西湖的姐妹行。因此，不看南北湖，就不得西湖淡妆之妙。劝君一游南北湖！

1991 年岁末

僧寺无尘意自清

——漫谈佛寺建筑文化的作用

　　江南夏天的天气总是那么的炎热，人们都以空调降温是唯一的办法，然而此心安处是乐土，关键是在心地了。一天，真禅大和尚冒暑来寒斋，小坐清谈，顿忘溽暑，人间天上，佛法无边。和尚辞归后，我的心神总向往着古寺僧舍，偶然记起宋诗中有一首《游宝林寺》诗："坐如有待思依依，看竹回廊出寺迟。窅窅绿荫清寂处，半窗斜日两僧棋。"太亲切了，正能写出我这几天梦想的境界。建筑美、园林美、闲适美、高尚的美，是诗又是一幅画，能启发人暂时脱离尘世，其神秘微妙的感受，对我来说，只能是冷暖自知了。

　　佛寺建筑应该是弘法的重要组成部分。建造寺庙心不诚，法不显，感染不深。佛教建筑具有其特殊性，不仅是安置佛像、居住僧人的地方，亦不仅仅是诵经拜佛的场所，它有着微妙的功能，起着人们不可思议的作用。诗人啊！画家啊！作家啊！佛学家啊！虔诚的信徒啊！在名山古刹、精舍茅庵中，不因建筑规模与外观之高下，予人在灵感上有所轩轾。至于至善，是人所共鉴的。

隐中有显、显中有隐，是佛寺建筑选址之特征也。名山之中，一寺隐现；远观不见，近则巍然。建造之美。僧人结茅山间，详察地形、水源、风向、日照、景观、交通等，然后定址。天下名山僧占多，皆最好之景点，因此解放后拆佛寺为宾馆、疗养所，亦是看中这一点。化普度众生之寺，而为少数人享受之地，我深为不解。我提出这条规律是为世所公论了，人爱其山，更仰其寺，我陶醉于宁波天童寺前的松径，我痴坐于嵩山少林寺山门前望山，我更盘桓静观过西湖云庵前看三潭……这种梦耶幻耶的境界，逐渐引我入寺院中，俯首本尊之前，是由动到静入于定的启示，我心无他求。城市中的佛寺，往往占一城之胜，其选址往往仅次于衙署、文庙，有时名则胜之，如常州天宁寺、扬州大明寺等，其在一城中负一城之誉，虽非中心，而选址之巧妙，往往闹中有静，不觉其在繁华人间也。即便信士参拜，又如身置山林中，丛林森森，对城市绿化，起极大作用。养生修心，两全其美了。

山门、弥勒殿、大殿、藏经阁，高低起伏，由浅入深、由小到大，人们的心理中渐入佳境。江南雨水多，所以配有长廊，廊引人随，而院落复翠、清净无尘，其有别于宫殿者，在古木也，政治与宗教不同在此。伽蓝七堂为佛寺布局，其外佛院皆各自成区，在中国民族建筑的传统基础上，又充分体现了佛教气氛与弘法的精神，所以中国的佛寺建筑有其独特的成就。至于因地制宜，依山傍水、楼阁掩映，也有很多精美的实例，如敦煌莫高窟，以及千佛阁、万福阁、喇嘛庙，百花齐放，但看上去总是中国化的、中国人的佛寺。而佛寺中的"引"字起佛寺建筑最大的作用：引入西方，度一切苦人，同登彼岸。在佛寺建筑中无处不包含着这个哲理。

暮鼓晨钟，经声佛号，是一个恬静沉思的境界，可以彻悟人生。佛寺建筑是美的，但所造成的予人的感觉，与其他建筑相比，应该说是佛教建筑融和了"道"，在这里教你消除尘念，做一个心灵净化的人。我们游佛寺不是"白相"，亦不希望祈求什么，但至少佛寺建筑是不同于"灯红酒绿"的地方，而是净化心灵的场所。可能我的思想还不够"开放"，近年来修复的佛寺加添了许多世俗化的设施来讨人喜欢，似乎对佛教建筑艺术理解不深吧！

蝉鸣高枝，炎热困人，我无缘在佛寺中消受清凉，也偶尔到学校空调室转转，但"洋空气"仅仅是凉而已，却没有凉意，贵在这个"意"字啊！在佛寺中有没有这个"意"字的体会，那要看人的悟性了。佛寺建筑是永恒地引人向上行善的地方。对于佛寺建筑，如果仅从庸俗的，或形而下的功利主义去看它，那是未能深透的。

我是古建筑研究者，调查踏勘过很多名山大刹、庵堂小寺，也修理过不少佛殿宝塔，但殿顶塔刹我多亲身上去，心地踏实，安详工作，从未出过差池。因有一个信念存在，精神的力量是不可估计与预测的。心诚求之，虽不中不远矣，佛寺建筑在教育我们怎样做人。

近年来，我每到寺院一次，我的思想就多一次变化，茫茫尘世，苦海无边，我是由单纯地从古建筑的眼光观看佛寺，慢慢地进入对佛寺建筑有些新的进境，这是佛教文化。如果研究者能脱离世俗的眼光，超脱一些去着眼、留恋、徘徊、周旋，那我这许多"废话"也许比搞旅游的导游者，略高一筹吧！希望大家不要等闲视之。

（原载《法音》1991 年第 2 期）

宜秋

秋有诗情、有画意、有词曲的境界，是四季中最宜人的天气。这季节予人以最大的清福，像一个高人，一个淡妆的美人，明净得没有俗气。

我喜欢画秋景，做描写秋容的文字。我那篇《岱岛秋痕》（见《随宜集》）游记，有人说写得好，如果没有秋的话，也就没有那份情趣了。

秋是个旅游的季节，古人称为爽秋；眼称为秋波，《西厢记》上的"最当她临去秋波那一转"，太销魂了。每当萧疏景物，薄云晴空，高洁的秋花、偶然传来的秋虫声，清茗在手，平静、闲适，引我"遐思"，我每次在秋游中就有这种感觉，避开豪华的尘世，得到暂时的解脱。

在秋天，看山也好，观水也好，庭园小坐也好，无处不宜人。庸俗拉练式的旅游，太辛苦，得不到一分秋意。静观、细赏，是秋游的特色。留点余兴，要自己领会、自己看，那才有滋味了。

旅游，多少要有几分文化修养。就以今天的导游来说，也正是赶鸭子："命令"游者看景，仿佛填鸭子一样，食而不知其味。游者也不必自低身份，去甘受其"乐"。旅游的游伴，是良师、是益友。在旅游中可以提高个人的修养，增长很多知识。吃喝玩乐、灯红酒绿，并不是旅游中的必列项目。尤其在秋游中，是淡中寻趣，更无此必要了。品山、品水、品叶、品花，细察人情，又有秋果可尝、清茗可饮，比冷库中的水果、无味的饮料要好得多啦。我记得小坐富春江依绿园的来音亭，友人要我撰一联，我写道"观山观水观花影，听雨听风听谷音"，描绘了这亭晦明风雨的景色，后来居然就挂了上去，这也可算导游吧！

　　游有小游、漫游、闲游，要如看画、题诗、听曲一样，乐在其中，同游者必求同道，有共同语言才是。否则"闲步闲行闲看水，自歌自舞自开怀"倒也不错。

　　我很羡慕过去的诗人、画家、学者，他们能游、懂得游，在游中创作了这许多的作品。我是自愧不如了，但我仍很爱秋游，以秋游做我的为人为学的范本。

1991 年秋

秋思

　　立秋一过，风雨几番，开始寻秋了。年来的心境，从饯春到迎秋，却是别有一般滋味。豫园东部建成后，我在得月楼题一联："近水楼台先得月，临流水石最宜秋。"如今该是宜秋情怀了。谷音涧的泉水流过涵碧桥入大池，一泓秋水，在积玉水廊中，倚积玉峰而望玉玲珑倒影，水底澄澈，亭亭妙姿，初阳淡抹在波面，仿佛有层薄雾，如美人蒙纱，但仍不失其芳姿。我有时在观昆剧中，用赏园的雅兴，而赏园中又融有观剧的深情。

　　小斋北窗下有土一丘，点缀了几块顽石，翠竹一丛、丝瓜一架，几朵兰花、几只小鸟，清醒了我这小园。风有点凉意了，感到心地空明，算不了僧斋，谈不上雅室，但也并不寒酸，虽然没有名画古董，存有数卷残书，有时以录音机听几折昆曲。因演唱者都是知友，觉得很亲切，刘异龙的诙谐、计镇华的高亢、梁谷音的清朗……随着季节的更易，声音中也仿佛带着秋意。

　　暑间，很多地方邀我去避暑，这赶热浪当"贵人""名人"的角色，我有些惭色。"热情"的招待、"无谓"的应酬，终觉得是负担，可能与年事有关吧，我不应该讲这不近人情的话，太对不起好心肠的人了。简单平静的生活，在季节中说来，秋也许是最宜人了。

我曾说过，小园宜秋，它没有绚烂的大片春花，也没有华丽的炫人的建筑，一架藤、一流水、几棵老树，衬托了小阜陂石，可以谈心、可以品茗、可以拍曲，更容我孤赏、与我周旋了。情如水，淡得如秋一样没有半点尘杂。

人还是难抛杂念的，记得十六岁那年秋天，母亲在继父亲去世几年后，寂寂人定时弃养①了。惨痛的回忆，几十年来每到秋天惆怅还依旧。等我想到"落霞与孤鹜齐飞，秋水共长天一色"的句子，"孤鹜长天"我自低回，我感激当时老师教我背诵了《滕王阁序》，使我从孤鹜身世望见了长天。秋并不是萧瑟的，墙外的一株枫树开始又转红叶了，是那么的冷艳，比春花更醒目。夕阳当空，人间晚晴，"众鸟欣有托，吾亦爱吾庐"，"采菊东篱下，悠然见南山"了，世上荣辱，且自由他。

1990 年秋

---

① 父母去世的婉称。——编者注

同里退思园

初冬的微阳，浅照在江南的原野，我又重游了水乡吴江同里的退思园。往事如烟，触景怀人，说来也话长了。

退思园自从我誉为"贴水园"后，地方上能欣然会意，花了很大的力量，修理得体。我小立池边，想起我初知退思之名，还是四十多年前的事了。我当时在圣约翰大学教书，同事任味知（传薪）先生就是该园的主人。任老长我三十岁，与我为忘年交，学者兼名士，他能度曲，是曲学泰斗吴瞿安（梅）的好友。他留学过德国，又在园东创办了一所女子中学，开风气之先。园与宅相连，前有菊圃，植菊千本，与常熟曾孟朴先生的虚廓园中栽月季一样豪华，我相信将来退思园的艺菊也可能添一时景吧。

历史上，同里有位计成，在中国造园史上享有不朽的盛名。计成生于明万历十年（1582年），他著有《园冶》一书，是造园学的经典著作，不但影响我国，而且传播到日本及现在的西方。明年是他诞生四百一十周年，我建议我们造园界在吴江县政府的倡导下，在同里开个纪念会，并在那里造一个"计亭"，让世界的园林界与旅游者前来凭吊。

吴江这地方，真是个文化之地。过去茶坊酒肆中品画闲吟、听书拍曲，仅以我认识的学者名流曲家来谈，除任老外，还有金松岑、凌敬言、金立初、蔡正仁、计镇华、徐孝穆诸先生，人物前后跨越约一百年。这个园名曲名的江南水乡，触发了我的情思，因此叫出了"江南华厦，水乡名园"两句话，还加了一句"度曲松陵"（吴江又称"松陵"）。

任味知先生是退思园的最后主人了，晚年住上海。园渐衰落，一直到解放后，已是残毁不堪了。因为任老的关系，我关心了一下，终于救了出来，这也是佛家所谓缘吧。

同里以水名，无水无同里，过去退思园边就有清流，现在填掉了。我多么希望能恢复原状。退思园论时代较晚近一些，布局进步了，正路照壁、门屋、下房、轿厅、大厅；东边上房是主人居住之处，一个大走马楼，左右楼廊联之，天井大，很是开朗；再东为客房、书房，在楼屋中，点缀山石乔木，极清静；再东为花园，园外远处为女校。其平面发展自西向东，各自成区，园又有别门可出入。华厦完整，园林如画，相配得很是可人、宜人。

可惜园外有一座水塔，借景变成增丑，不知何日可以迁走呢？

目前大家在谈经济开发，同里以园带水、以水带财，水乡、水园、水磨腔（昆曲名"水磨腔"）——中国的威尼斯。如能恢复已填的市河，可形成以水游为主的水乡风味特色的江南景点。"曲终过尽松陵路，回首烟波十四桥"，太富有诗情画意了。

1991 年 1 月

曲园感慨多

顾廷龙翁邀我陪他去苏州，主要是勘察一下十梓街的旧宅。这位年近九十的名人，仆仆风尘，就是为了去凭吊一下，这也是人之常情。他看了在拆除的有精美砖雕的门楼，摩挲了一下残存的底脚，叹息一声。又走到书房前，说了一声："这是我当年读书之处啊！"便默默无语了。这一座破旧的老宅，已是风前之烛，看来随着新市政建设与保护历史名城矛盾中，将不久于人间了。

从顾老旧居出来，我急于去看一下新修复的清儒俞曲园（樾）故居。最近俞平伯先生去世了，许多杂志社要借我保存的俞老遗札，准备发表。有许多信是托我留心曲园修理事的。作为曲园老人曾孙的平伯先生生前一直眷念着这所老房子。苏州方面也要我去看一下竣工后的情况。为此我非去不可，否则不能心安，这也是为了纪念平伯先生。

说来话长，自从叶圣陶先生生前与我等八人提出修复曲园故居后，得到了苏州市政府的重视。记得（20世纪）50年代我编著《苏州旧住宅参考图录》一书，早将曲园全面测绘了。这次修理时，我提到了这份资料，邹生宫伍（时任苏州园林局副局长）也将它放大了。我叮嘱他们到北京平伯先生处，把他珍藏的曾国藩书"春在堂"及李鸿章书"德清俞太史著书之庐"二额双钩回来。

这次看了修复后的情况，住宅部分总算修得差堪人意，但曲园（指花园）部分令人怅然。我总感到这不是一个文人园，亦非一代大儒所居之园，与我50年代测绘时所见，面目全非了。建筑位置尺度不准，假山乱堆、花木零星，看上去像个暴发户的园子。

我不解，苏州并非无造园人才，亦非无能工巧匠，为什么将修复曲园这件事，就委之于农民工，造成如此局面，有玷苏州这座文化名城的盛名。亡羊补牢，未为晚也，有可能返工吗？书此以待。

1990 年 12 月

附：俞平伯致陈从周的信

此残存俞平伯丈函若干通，俞丈惠书至多，浩劫中悉付乌有。丈晚年一意拟复苏州曲园，委我安排，故书中所谈曲园者，实中国园林史零星史料也。俞丈逝矣，几十年，受教之情，眷眷难忘。余无以颂丈之德，丈真中国读书人、中国学者、中国长者，后生之楷范也。

庚午九月陈从周记于梓园

一

从周仁兄：

前荷在陋室照相，未免亵尊，至为感幸。圣翁以为"见静寂之气"，遂将床侧兀坐一张赠之，志嘉惠也。昨续奉来教属为玉霜唱腔题签，谊不可辞，况承谆命，唯心慵手软，勉作楷体，如儿涂印仿，恐不足为艺苑生色耳。即附奉览正。用否尽可随意。

苏州老屋情形，弟虽未往已明了。只有住房，无所谓园，即隙亦少，若不拆去，纵有梓匠妙手，亦无地可起楼台也。地方当局非不知保存古迹，只拆迁为难耳。圣翁根据新颁之《文物保护法》又致函董君，良友热情，不胜感幸。运天为治印，又代购宝蓝印泥均佳，亦盛情也。即附钤纸尾。此种印色，拟用至来年二月，以后作为文房闲玩。

匆上。即颂

文安

平伯

1983 年 11 月 27 日

二

从周兄：

写字不惬意，亦懒得再写，未知可用否？惠赐新刊《书带集》二册早已收到，失谢为歉。后记措辞谦退郑重，拙辞岂可当哉！得随圣翁后，与君结交文字因缘，为快且幸。

十七日片示欣诵，知苏州开会有期，云将"赤膊上阵"以图恢复小园，胜慨豪情，为之神往。弟畏人怕事，每缩手缩脚，有愧二公多矣。他日观成，先人亦拜嘉惠。现当初步拟定修复之范围。鄙意大门须开在马医科巷，有一门道可悬李书旧匾，往东一直达乐知堂石库门（看照片门已堵塞），其间原有轿厅，殆不需再修，铺草地栽花即可。即此恐亦要拆迁也。

匆书不具，即颂

教安

弟　平伯

1983 年 3 月 2 日

三

从周兄惠鉴：

上月廿七日手书敬诵，知吴门开会，胜利凯旋，无任佩慰。漫云三国许褚赤膊上阵，直是诸葛纶巾羽扇舌战群儒耳。揣君规划，妙不可言，盖胸有成竹遂尔挥洒自如，亦犹之绘事。"园若无园，便当归诸文管会。"可谓谈言微中，一语解纷。示以将来远景，如何佳妙，引人入胜，遂能扭转形势。想开会之初，园未必尽如人意，我兄贤劳，想像见之，无任感戴。现在待等拆迁后，平地起楼台，便可称心布置，使旧赏园林别开生面。虽地形狭窄，而大才槃槃，固当游刃有余也。鄙意尊处既有旧园草图，复归与创新即可不拘，弟总力赞重成。

近从坊本《曲园书札》中，偶见与李瀚章（筱荃）书述其地形云：

自南至北修十三丈，而广止三丈，又自西
至东广六丈有奇，而修亦止三丈，其形曲，故
名曲园。

　　或无甚用，姑录奉备考。因之又想到修复之范围。
悬拟中路自大门北向到乐知堂，转西入春在堂，后临曲
园，转东而止，然否？春在堂前庭院原有牡丹台、桂花
四棵，其南有一照厅，今未知如何。宅之西南隅情况迄
未知晓，遂附带一询，非唐欲恢复也。若匾额，曲园从
来无匾，若新有，亦不知挂在何处。春在堂北面翻轩曰
"认春"，窗棂洞达面临园林，即由此进园。堂之尽西头，
有一小门亦通园内，甚窄不宜悬匾。曲园本有二义，园
名又人名；因之家中人只呼"花园里"，为避公之别号
也。乐知堂额，彭雪琴书，较春在堂额约大三分之一或
四分之一（我远看不清楚），字迹尤粗大，不能依照春在
堂格式恢复。圣翁原是书匾之最理想人物，且热情愿写；
但他近来眼力愈差，很少来信，信亦简短，有事或通电
话，我不敢冒昧相请，深怕使他为难，若官方或他友言
之，他可允则允，不能允亦可谢，彼此无碍也。实情如是，
至希谅察，幸甚。若此匾如何安排，固不亟。弟意将作
会场，竟可换新匾另辞，自有一番新气象也。兄谓何如？

已迄二纸，书不尽意。即颂

节禧

弟 平顿首

1983 年 5 月 1 日

四

从周兄：

奉手书，知园中居民楼决拆，诚为佳讯，唯又将璧画兴建，多费清心矣。有所谓"古紫薇"者，为旧园仅存之木，即在楼旁（弟观照片），拆时须注意保护，祈为谆属主其事者为托。又以弟了解，此树如在认春轩之北、旧假山之南，是紫荆，恐非紫薇。二者相似，紫薇花时在夏秋，紫荆在春夏间，又光皮，云手挠之会动。此区别也。于明年亦希留意观察之为幸。

承属写些匾，忆昨写"来许亭"时曾于书中言及眼花手劣，妄涂恐玷名迹。今蒋氏书楼，灵光巍然，堪称国宝，于朋情世谊尤不可辞，而贱况疲躯更甚于昔。如大书腕劣，小字眼昏，多写不成行列；若此均希见谅。而尊意拳拳，谊不敢辞，已勉涂二纸，随函附奉发笑，可任择其一用之，如均不合用，只可另请书家为之，俾免贻笑，幸甚。

匆复不尽，即候。

教安

弟　平顿首

1983 年 12 月 5 日

五

从周兄：

手示欣诵。以环秀新修，为吴下添一胜地。属为写联撰记，雅意惓惓，亟思应命，而近体愈羸，在室行动时虞蹉跌，步履摇摇望之欲坠，更不能写作。前者二周君赐以先人遗墨，遂以涂鸦搪塞，实非得已。若环秀山庄旧有曲园楹联，何敢补以儿涂，芥兹名胜，事出无奈，歉仄良深，务请鉴原为幸。联语抄本暂存属骎，若书之，当迟日转致，渠办报甚忙，近方检查身体，亦多日未晤矣。其祖子原公于清末知苏州府，有惠政，与吴人固有缘也。前呈小诗未称天元甲子之盛，付诸报刊，如能引起邦人对雷峰塔之兴味，幸矣。

匆复不尽，即候

教安

平伯上

1984 年 3 月 1 日

六

从周我兄：

惠书敬承。内子久病，而回首时和平迅速，亦未示牵挂。弟近日生活如在梦中。以理遣情而情不服，徙倚帷屏，时时怅触。

唁辞深切，情非泛泛，殁存同感。

所示剪报大作，言及他年或可重访故园。雅意殷拳，胜游难再，为之怅然。苏州邹君来，将"春在堂"原额双钩而去，其他未及详谈，谅亦多曲折。小诗附奉。

即候

教祺，不具。

平伯

1982 年 3 月 6 日

约园浮梦

　　每逢圣约翰[①]同学会开会，忝为顾问的我，总是举步迟迟。般般往事，盈我白头，有些隔世之感了。我青年的一段岁月，就是如诗一般地度过在约园中，我常在思忆，有时清泪渐湿了我双颊，历史就是这样无情。

　　怀施堂的钟声响了，告诉我们该起身了。窗外的初阳斜照在树丛草地上，传来了几声鸟语，平静中点出了生意，同学姗姗地来了，生意更浓了。接着又是钟声，我就进了课堂，开始弦歌的生活。当时班上的同学不多，也亲切，一周十几小时的课，也愉快恬适上了。当时的同学，如今相见都是白发苍苍！但他们都与我一样留恋着约园。

　　院落式的西方古典建筑，宽阔的外廊、折射的阳光、起了变化的影子，加上扶苏的花影，树影参差其间。老教授在廊间谈诗，建筑系学生在写生，礼拜堂中传来缥缈的赞美诗声，一切是超逸，没有一点尘俗气，古人所

---

① 即原上海圣约翰大学。——编者注

说书卷气，也许这也算吧！我是住在约园内，窗外有一湾流水，从树隙中可望见一片田畴。田畴外是铁路，每天有很多班火车开往杭州，我的丰儿出生在这里。他童年时爱趴在窗台上看火车。后来我移居同济园住，当他去国之前，还要我与他看约园的出生地。他徘徊久之，谁也不信这是永别了，谁会料到他会惨死在异国。与我在这里共同生活的他母亲，也走向天国去了。

忆约园，又要想起了我的亡友黄作燊教授，那时他是建筑系主任，是一位博通众艺的建筑家。我们围绕在他身边，精神文明是活跃的。我们演过京剧、昆剧，是师生做主角的。因此在他熏陶下的师生思想活泼，我到今时时想念他。一位与世界建筑师同过学，受过很久的西方教育的人，同样爱京剧、昆曲，对祖国的文化是那么热情，可能是一些假洋鬼子们所不理解的。我想作为一个中国学者，绝对不可能忘怀祖国文化的。我这样期望着。

约园是个大家庭，有文化、有感情、有园林之趣。每当夕阳西下，人影散乱，住在校外的同学离校了。淡黄的草地，浓郁的树影，传来同学宿舍的胡琴声与洋琴声，点破了沉寂的校园，有诗意，又有画意。老教授有的在推敲吟诗，年轻人也有默默地在看书，老牧师趁机在稀散的人群中教授，一切止于至善。我爱那满漫藤萝的小礼拜堂，它矗立而又安详凝重地卧在草坪之侧，似乎予人以劝世之概，这是静。它前面有个草地网球场，很多人在拍球，又是一幅动的插图。如今再也不见了。秋晨浮起了这些零星梦，是幻梦、是秋梦，薄得如秋云样。

1952年秋，我离开约园，正如徐志摩《再别康桥》诗一样："悄悄的我走了，正如我悄悄的来，我挥一挥衣袖，不带走一片云彩。"康桥想来仍是康桥，约园呢？留梦而已。

1989 年秋

依绿园

"江上清风，山间明月。"在富春江依绿园小住几天，料理水石、安排花木，亦工亦隐，过上一段暂时隔世的生活，自觉恬淡有味，回到上海，仍时时思念不置。

这里是一个疗养院，在富春江边小山间，朝晖暮霭、清流急湍，又有茂林修竹，映带左右，故我颜其额为"依绿园"。

园居生活，勾起无边的往事。这里是我五十年前步行经过的地方，那时正值抗战开始，我从杭州走过富阳避难，是二十岁的一个青年，看山看水、苦中寻乐，而今垂垂老矣。重游旧地，居然能为依绿园尽几分微力，亦聊可自慰了。

富春江上的山，好就好在有层次。小楼一角，岚影随人，故名岚影楼。苏步青老人欣然书匾。他是诗人，能解其意。楼下有池一潭，水自山间来；池中用人工将水引成趵突状，隐隐有声，比济南趵突泉来得有自然感。池上有桥，以天然石为之，浮于波上，若浮梁；有峰石秀出，水自岩中流出，以谷泉鸣之。亭出水上，鸣禽上下，来音之亭也。至于风篁摇绿、蕉阴滴翠，园秀雅无俗气，宜居、宜赏。疗养院能做到这样，也许可以称意了。

近年来宾馆疗养院在风景区造了不少，可是在花木山石配置上，总觉得贪多求华，如餐厅的菜肴，工艺品、花色品，炫人眼目，食之无味。我们如不读古人名园记，不在诗情画意上下点功夫，正如什锦拼盆不能代替名菜，熟食店不是名菜馆，须知地有南北、风土不同，植物品种各异，故造园也要因地制宜，运用原有地方特色及土生土长的树，否则，园未有成者。

居依绿园，拉杂地想了这些，聊供今时造园作参考。依绿园，上海海运局疗养院也。

1990 年 11 月

依绿园记

　　富春江上神仙，山水人文之盛，为世所羡。依绿园者，处群山之中，清流急湍，映带左右，而万竿摇翠，朝晖暮霭，宜游、宜居。陈君长虎招余往，稍事点缀，有桥曰浮梁，有溪名谷泉。而鸣禽上下，自夸得意，故筑来音亭以赏之，春秋佳日，可以留客，其楼皆面山也。园之景概乎此矣。爰为记。

1991年岁次辛未之元旦

陈从周撰

顾廷龙书

五上鲁西

阳谷狮子楼，是《水浒》中武松杀西门庆的地方，重建竣工，因为是我主持设计的，地方上要我去看一次，已是五上鲁西了，住在聊城。

聊城是一座环湖的城市，城中有明朝木构光岳楼，两堤垂柳相映，风光比西湖雄健。去阳谷道中观看了"迷魂阵"，在村中的方向竟糊涂了。这里还有孙膑楼遗址，孙膑是兵法家，所以至今流传着他的故事。

到阳谷登狮子楼，在这座仿宋的酒楼上，"凭栏可俯视市容，闾阎扑地，车马过衢，察人情之纯朴，欣新政之昌盛，洵得地得时之厚哉"。这是我所撰《重建阳谷狮子楼记》中的一段话，感情是真实的。当地很想邀请梁谷音、计镇华等《潘金莲》昆剧的名演员来此一游，拍上几曲呢，恳切地要我转达这番盛意。

下得楼来，吃了一顿以炊饼为主的午饭，匆匆回聊城。次日，聊城地委书记张锡九同志在席间要我为他撰写一联，出口便得："金银铜铁锡，五六七八九。"名字嵌进了，皆大欢喜。掷笔上车去济南，再转车回上海。

因济南到上海的火车晚上才开，时间很充裕，我听说趵突泉近来喷水了，很想看看。虽然夜幕垂垂，细雨霏霏，然而游兴未阑，直奔名泉，这光景太奇妙了：水清澈见底，声音仿佛细雷，泉眼飞白，高下起伏，尤其在润湿的空气中，有些江南风味。痴立观泉，可惜我未曾薄醉，不然定能醒酒了。庭园朦胧看不清，林间吹来朔风有些寒意，不能久伫了。带着隐隐的泉声，握别了济南的初冬。

1990 年 12 月

记鲁游御寒

初冬天气去了鲁西，出发时江南还是温和适人，以为厚重寒衣不必带了，多一事不如少一事，即使小冷，顶一下便是。匆匆北行，临行家人将一件皮夹克塞入了旅行包中，亦不算太重，我也糊里糊涂提了就走。初到聊城，天气十分晴朗，我们漾舟聊城环湖，第二天上了阳谷县看我主持设计的狮子楼。

这是一座仿宋式建筑，当地领导与朋友在楼上杯酒交欢，吃了一顿以武大郎当时出售的"炊饼"为主的地方菜，值得留恋。这个鲁西小城因为《水浒》中武松的故事，景阳冈、梁山、狮子楼名闻天下。阳谷出酒，名"景阳冈"，酒味醇而香，武松当年没有这种酒，也打不死老虎了，同时在狮子楼上没有这种酒，也斗不死西门庆了。

有点半大陆性气候的北国，在我们回聊城寄寓的时候，天骤冷，朔风甚烈，幸亏那件皮夹克将风挡了，不然可能受寒抱病回家了。过去我在冬天，喜欢穿狗皮背心。我的那件是在济南千佛山下地摊上买的，随我有年了。但是年龄一年年大了，古人说要更换轻裘，减少人的衣服荷重负担，可是轻裘是狐皮、紫貂一类，我是无力购买的，如今羊皮夹克倒也像似轻裘，出外时携带方便，穿在身上并不有失体面，可是顽固如我，不会自己主动尝试的。上海畜产皮件厂厂长朱东请我买件一试，如今方知其心之善也。

1990 年 12 月

听笛

　　"此意平生飞动，海棠影下，吹笛到天明。"这是梁启超为徐志摩写的宋词，太轻灵美丽了。我听顾兆琪吹笛总浮起这般情景。文学、音乐一样地感人，然而感人太不容易了。我从小就爱听笛，没有笛子，但自己练无笛的指法，竟也学会了。我不但爱听，也爱好吹笛，因此昆剧演出不看台上，有时倒在看场面了，当然那种美人吹笛、牧童吹笛，也都入画的，古代有多少为这种题材的名作。

　　水际听笛、隔院闻笛，以及江南旧住宅僻弄中传来的笛韵，能吸引人，而且其味之隽永，有些像薄醉。老实说我的爱上昆曲是从园林中的曲情得到启悟的，多少年来缠绵在这两者之间。我难忘许伯遒、朱传茗为梅兰芳、俞振飞先生伴奏的笛，近年来听顾兆琪为梁谷音、蔡正仁等伴奏的笛，又听兆琪的清笛，可说是一大享受了。神游其间，悠然忘世，笛能吹得高亢，又能吹得婉转，游丝一缕，扣人心脾。柔情如水，怨而不怒，而清音散于流水落花之间，其移人也如此。

［南宋］梁楷《柳溪卧笛图》（局部）

也许与性情有关吧，我总喜欢于简单中求复杂，世上的事往往是转化的，硬毫写秀润之字、软笔出刚强之书，一支横笛，可以吹出哀乐人间，那太奇妙了。奇妙不在笛的本身，而在于人。兆琪我自小看他长大，我知道他那微波似的身世，虽然他今天享有笛王的盛名，并不是平静的啊。他的成就，除在于前辈的教导外，主要是自己的努力，也如吹笛一样，"满口风"没有丝毫的漏气处。我曾戏对昆剧团的人说过，我要写一篇《演员以外》，"好花须映好楼台"，再好演员，没有琴师笛师是不能"锦上添花"的，正如我们造园，设计再好，没有名工巧匠，也是枉然。我看花同时也看叶，这已成为我欣赏艺术的怪癖。

我又要发"牢骚"了，画家满街跑，可能将来出"全民画家"，士农工商，会涂就可成名家，而真正高手裱画师却越来越少了。同样，昆曲笛师也稀如凤毛麟角。寄语兆琪，你年华正盛，为昆曲多培养几个接班人，子孙是感恩你的。

1990 年 7 月

听曲杂记

　　去年夏日，上海之热，可谓居历史之冠，人人谈暑若虎。为了解热，高贵人家装上空调，吸点"洋冷气"；我辈书生，求洋无术，当然只有平心静气，少求烦恼一法。好在我家住在同济园内，绿树成荫，修竹当窗，则也求得了一点天然通风。那几天忙于招待中国台湾、中国香港、美国来的昆曲票友（绝大多数是大学生），姹紫嫣红开遍，亦赏心乐事也。人家欣赏艺术，我则借此避暑了。古人说心静则神安，确是名言。我爱好昆剧，还是当年在旧圣约翰大学树荫下听昆曲开始的，那沁人心脾的曲韵，随着微风飘忽在芳草斜阳之间，太移情了。因此，在此炎炎白日之时，听上几段昆曲，能使我入清凉世界，忘却眼前的一切。

　　古老优秀的文化，它能提高人民素养，可以团结中华人民，这次海外与中国台湾的票友来上海，大家无不感到大家庭的温暖、中华文化的骄傲。台湾大学的中文系必修昆曲这科，而武夷中学的昆剧业余学校，正努力普及与培养新生力量，可说是"农村包围城市"了。寄语主导戏剧的部门与上海昆剧团及戏校，你们意下如何？优秀的历史文化艺术，是消亡不了的，应该在我们这一代中将它振兴起来。

1991 年 1 月

叶浅予尊师

叶浅予画展在上海美术馆展出开幕这天，我们与他及谢稚柳、唐云诸先生在休息室中小谈。叶老清癯鹤立，我对唐老讲，叶老的风姿真像杭州西泠印社的那座丁敬身雕像。叶老笑着说，胡须短一点。我说再过一些时间便一样了，将来可以平添湖上一段艺术佳话了，仁者长寿。

叶老是桐庐人，然而艺术生活的开始与杭州分不开，我这白头宫女，如今闲话说玄宗了。他1922年从杭州邻县的桐君山下来到杭州梅登高桥，进了盐务中学。也许今天后人要不理解，以为叶老是学盐务的，其实不然，这所学校是金华人蒋邦彦（字晋英）先生创办的。因为蒋先生任过两浙盐运使，学校的经费可能一部分与盐政有关，因此名"两浙盐务中学"。叶老读书时是四年级制中学，我进该校迟几年，已改为初级中学了。叶老与画家申石伽同班，绘画是校友中突出者。我们都是永康胡也衲先生的门生。胡先生两耳重听，教书很负责认真，教素描、水彩、国画、书法，带我们在附近的水星阁、小北门一带写生。这里是南宋的别墅区，有广阔的水面垂杨，风景很幽静。少年时的一段学生生活，至今难忘。

叶老离开中学后，没有几年，他的漫画"王先生"已风行全国，校长、老师以此为荣，同学们都争先观赏。流光已是六十年了，这次我们白头相聚，该是多亲切啊。胡也衲老师在解放后回到永康原籍去，叶老在北京不时接济他，还常常寄去上等宣纸。前几年胡师母尚在人间，我去永康，她总要提到在京的叶浅予。胡老师去世后，停棺于野外，上面覆以薄土，我与另一同学，永康县政协副主席童友虞学长见到了，提议为胡老师建墓竖碑。我将此事告诉叶老，他欣然首肯，再邀了申石伽，我们四个同学将建墓的事完成了，我又在报上写了一篇《永康寻墓记》，这样，胡老师的建墓事，轰动了浙东，尤其永康县。我们还收到很多教师与同学的来信，称赞我们敬师崇道，如今每年清明，永康的师生们都去扫墓。这件事看来在过去也算寻常之事，师生情谊应有的表现，如今知识商品化、学术交际化，有些稀奇了，在我们老一辈人来看，尊师敬师是人的本分。

座中我与谢稚柳老人谈到他的老师钱振锽（名山）先生，我说我少时在上海桃源新村拜见他，看他写字，笔力那么苍劲。不久他下世了。谢老说，他只活到近七十，然而我的回忆中当时已双鬓尽白了。旧社会学者的生活太凄凉了，如今叶老、谢老、唐老，皆八旬以外了，精力、艺术之力都那么旺盛，而我呢，不过一个小弟弟而已，人间晚晴，愿祝期颐。

1990 年 9 月

清泉出谷音

　　"行云流水，淡月清风。"有时还流露点"春花秋月"，这是梁谷音教授的散文。她是昆剧家，与我这个梓人一样，文章是分外之事，用她歌余之兴，偶然涉笔为之，没有做作，也没有当作家的目的，如小溪清泉，流到哪里是哪里，写得真、写得有感情；以情而演剧，再因情而造文，这是谷音文章与人不同的"唱腔"。

　　谷音是个聪明人，大家称她为才女，这个才可不容易，说得透彻一点就是文化修养，她爱文学戏曲，还知己泉石、爱书法，用清丽两字概括她，也许不会过誉吧。

　　我常说内行文章要外行读者，我与谷音都是外行人写文章，只可以给外行人看看；可不顾厚颜无耻，却要占内行人一席，个体户也要上市场了。但是我们有我们的行业，文章只可说余事，因为余事，没有当作家的野心，老老实实，没有水分，说了心里话。谷音的几篇如《十日谈》《秋痕》，有真情的流露，是人的生活写照，也可说是她传记的一部分。我曾经说过，人家代写的"传记"，包装水分太多，失真了。

我接触过很多女作家，老一辈的林徽因、陆小曼、凌叔华，以及中国台湾的琦君、三毛等，那年谷音去英演出，我介绍她去拜访凌叔华。前岁凌叔华逝世在北京，谷音对我说，她要写一篇回忆文章。这些都可说是新老女才人，留下的印象太深。谷音以曲惊世，我深信她的文章，也同样为人难忘。

近年来她爱读徐志摩与林徽因的作品，在空灵、清逸、流爽等方面无形中起的感染很深，同时这种情趣也反映在她的表演艺术上，有所发展了。她在文化方面用了功，因此她的本行开始了新的天地。他山之石，可以攻玉。像一杯清茗，是一盆幽兰，含蓄的清味，永久可以留于人间。

园林之传，在于园记；昆剧之传，重要的也是依靠文字的记载。谷音，你们是昆剧传人，昆曲之能流传今后世上是依靠你们了。你能记事抒情，能描绘意境，要做点今人没有看到的事，古人说"文以载道"，那你该"文以载曲"了，"袅晴丝，吹来闲庭院"。好文章，出于你妙笔，"不到园林，不知春色如许"。不见妙文，不知昆剧如许。这是我的厚望！

1991 年秋

于梓园梓室

故居

　　"毋忘水源木本。"童年时在祖先堂上，看见父亲写的这几个字，垂老情怀，终是不能忘怀，因此几年前我一定要回老家绍兴道墟杜浦陈家去看一下。道墟这地方，清代出了大史学家章学诚，少年时读过他的著作，尤其《文史通义》，与"六经皆史也"立论。我回老家实在是要看看这座已被地方忘弃了的名人故居。居然寻到了祠堂，还有一些石刻。经我"不速之客"的大力推崇，终于将祠堂等保存了下来，亦请当地到上海购买有关著作。章氏是明代从闽南移民浙江的，祠堂建筑还是明代的。杜浦是在道墟的近旁，属道墟镇，已是曹娥江口，如今划归上虞县（今河南商丘虞城县）了。有青山为屏，风景十分宜人。去了老家，同辈的只一个族弟，其他都叫我公公了。我在陈家看了被改造的宗祠，这是父亲亲建的，老屋已荡然了。清清的流水，已是涓涓小流，附近的祖坟皆平了。我在这里立了一块小碑，低回沉思不已。我们陈家在这里世代务农，我祖父永福公挑了一担土货徒步走到杭州，定居了下来，因此父清荣公与我，都生在杭州。虽然这几年我回道墟杜浦几次，终仿佛外籍华裔回国一样，别有一般滋味在心头。感到老家的依恋、祖宗的怀念。我是中国人，我是绍兴人，人家称我阿Q同乡，我觉得光荣。鲁迅的好友闰土，他亦是道墟人，诚朴的劳动人民。

父亲自立后在杭州城北青莎镇散花滩建造了房子，我出生在这里。散花滩又名"仓基上"[①]，可能南宋时为藏粮之处，四面环水，有三座桥通市上：三洞的华光桥，一洞的黑桥，还有一座叫"宝庆桥"。宝庆是南宋皇帝的年号。桥是一洞很小的。我家在后院中挖到了宋代的韩瓶，父亲将它用来插花，很古朴，花经久不谢，有时将韩瓶放入大花瓶中再插花，亦很别致。

我家的主要建筑是楼厅，名"尚德堂"，西向，面对照屋，我们叫它"回照"，是书房，悬清可轩额。旁则两廊翼之，厅翻轩铺石板，是绍兴老样子。地面用方砖，小时候伏在地上用水写练大字。尚德堂后为上房，是一座走马楼，以"爱吾庐"名之，我出生于左厢楼上。楼后隔墙为东花厅三间，其旁南向一间是父亲颐养祖母之

---

① 后文又称"散花滩中有一巷，名'仓基上'"，似有疑，此处存原文。——编者注

处。父亲去世，祖母尚健在。我幼年看到她老年失子之心，这痛苦与我一样，也不必多写了。后园中乔木荫天，本有山石花木，我生的那年，大厅旁的新花厅建成，这些山石花木移到新花厅去了。后来又从南邻陆家旧宅中移来一些旧山石来。新花厅是三开间带围廊的半洋楼，后增书房一间；楼上是父亲晚年静居之处，园中以湖石石笋为花台，满布书带草，我爱这草的感情是从小培养出来的。这小园在我八岁时父亲故世后，十六岁时易主了。如今听说全部夷为平地改建公房了。

散花滩中有一巷，名"仓基上"，我家宅后临河则称华光桥河下。河是大运河后尾，隔河有座大王庙，水面上挑出一座戏台，与庙的整体，仿佛是只大蟹，形制很引人入胜。每逢演戏，在后门外听到锣鼓声，可惜看不太清楚。河面很广，各处来的大船很多，小时候就是爱看各地来的各种形式的船。因为是水乡，活虾鲜鱼，下午四时也能买到当天捉来的。小康人家，生活还是过得舒适的。小学是在对岸，每天要经过三座桥。在桥上看船又是一乐。十三岁进城读中学，从此离开了这座生于斯长于斯的老家。散花滩这个带有诗意的地名，如今当地人也不知道了，而滩呢？不是四周环水，却已成半岛了，往物风光，只存梦寐。

我家附近有个新码头，还有一个接官亭，是清代到杭州来做官的人舍舟上岸的地方，民国以后改为警察派出所。据老辈讲，从前官员到任，上轿入城时争看官太太，说长评短，小时候倒颇引为动听的。又听到父母讲间壁的钱家、陆家、孙家等都是本地大族书香人家，虽然衰败了，还要我去看钱家的大门内有"文魁"的匾额。"文魁"这两个字要中举人后才可以用上的，封建教育用来策励子孙。还有纸商的会所"蔡侯殿"，晓得蔡侯就是汉代纸的发明家蔡伦。最近有人送我一本翁又鲁先生的诗集，我猛然大悟，翁先生的故居在我家对门，旧宅已早毁，门上的那块"翁又鲁先生故居"石刻，却是童年时上学经过天天见到的。因为写的北魏，字体有些特别，所以今天还记得。我在童年欢喜听地方掌故与了解一些地方古迹，这也许与我后来从事建筑史的研究是分不开的。

　　老家如今无片瓦之存了，当时的环境也都变了样，但我仍仿佛如在目前。家可爱，国亦可爱。家与国，作为一个人是不能忘情的，因此在海外的华裔们，他们回国时的心境是可以理解。历史文化遗迹，我们不能破坏得太多，可保留的应该保留，让人们有个寻根的地方，尤其阔别大陆四十年的大陆去的台胞们，我们更应该做好这方面的工作，这对统一祖国有好处的。我曾听得一个归侨说："祖坟挖掉了，祖宅毁掉了，家谱烧掉了，还有什么值得我寻根之处？"言下唏嘘不已。这心情我们应该理解的，也许我是搞历史的，想法过头一些，但亦应该认识这是人之常情。修身、齐家、治国、平天下。身、家、国、天下，四者不能分割的。古人这话并没有过分。树高千丈，叶落归根，我是中国人。

最近我将父亲去世时的一本"讣闻"装裱好。这是前几年回杜浦乡下时，一位族弟淼祥送我的，在他家珍藏了六十五年，这"讣闻"上列名的近支弟兄，只有我一人，远支亦只有他一人。我看了，产生一种难以描绘的感情。也许是我的文笔太拙劣了，往事般般一时都上心头，想到家、家的故宅、童年戏游之地等，上海虽然大伏天气，但我的感情又不能不使我回忆这些。

1990 年 8 月

乡音里的乡情

　　最近上海浦东有个竹园新村要我去看看，题上几个字，小游了半天。来陪同我的章敬三君，一口南京话，我问他祖籍是否绍兴（章姓在福建龙岩与绍兴为大族），他说是的，道墟人，祖父到南京开酒店。我说那么与我一样，我祖父到杭州经商，我们未能忘情越山越水啊！你的祖先章学诚先生是位大史学家，你知道吗？他说不知道，真是数典忘祖。如今很多人，耻谈乡里，能说北京话，就说是北京人；能说广东话，就说是香港人；英文说得好，就说是回国探亲的……

　　画家叶浅予在上海开画展，他与我都是杭州梅登高桥"两浙盐务中学"学生，我们谈到学校附近的水星阁、小北门、白洋池，还有乌龟尾巴桥等地方，如今我重到杭州，也近乎无迹可寻了，可是叶老八十三岁还记得，他是桐庐人，说不上乡情也可说乡情。

　　我很怕读海外亲戚老友来的信，他们感情中想念老家，但处境所限，无可奈何，有乡归不得，一纸寄平安而已。他们羡慕我能漫游河山，我只能说这是我身在中国的中国人的骄傲与幸福了。"酒阑无奈客思家"是我在海外席间的深思，人总是有乡土之情的。

我每年要回绍兴道墟杜浦老家去一次，来见我的都是族侄及孙辈。我在陈家溇的水边，老宅的废墟上，想得很多。我望着村外的青山、斜日浮云，这越中山水实在太美了，而处处清流萦绕着我，仿佛永远福庇着出外的子孙。这微妙的感情，是现代化电子计算机无法表达的。

我讲话还有很重的乡音，而鬓毛却已衰了。我不因为普通话与外语讲不好而自愧，反以为"阿Q同乡"是中外驰名了。外国人与本国人相见总说本国话。有些中国人，与中国人见面反而说外国话，而若干同乡人在一起耻说乡里话，我有些不解了。讲本国话、乡里话，是一种亲切的表现，它是爱国爱乡和团结的最好工具。也许我是落后，然而有时最落后的，却是最先进的东西。

写到此，窗外有点薄寒，初秋了，很自然地想到"小舟闲荡藕花里，波起隔秋风"句，这是童年少时漾舟西湖的回忆，闲适自在。那时湖上人少，藕花零落，一种真的清况的湖山倩影，我是消受过来的，如今往矣。此情深处，付与愁消息。乡情是时起时伏的，是缠绵难忘的，可能老而弥坚吧！弘一法师的歌词有"高枝啼鸟，小川游鱼，曾把闲情托"，乡情就是像"高枝啼鸟，小川游鱼"一样，平凡无足道，然而反过来却深挚朴厚，永久消灭不了，人之异于动物者，其在斯乎？

　　"儿童相见不相识，笑问客从何处来。"童年时读的诗句，如今我确有所体会。我感谢在天上做神仙的妈妈，你尽到了你教育幼子的责任，你教给我不要忘本的美德。

1990 年秋

徐志摩碑与石刻画像

最近接到陶德基先生来信，问及我关于诗人徐志摩墓碑一事，信上说："阅你编的《徐志摩年谱》有关诗人墓碑之日期问题，私心按捺不下，遂不得不致书就教于阁下……诗人坠机于1931年11月19日……明年春即葬于硖石东山万石窝，同里张宗祥书碑……然而碑的照片是中华民国三十五年（1946年）仲冬。"这件关于诗人徐志摩墓葬事，我有谈一下的必要，使关心近代文学史者作参考。

徐志摩1931年冬逝世后，他老父申如先生（我的内母舅）在次年春将他安葬在硖石东山万石窝，一直没有碑记。到1944年3月21日，七十三岁的老父逝世于上海华山路范园，志摩前妻张幼仪与子积锴，将老人停灵于上海，到1946年春扶归硖石，安葬于志摩墓的左边。两碑碑文都是张宗祥先生所书，在这年冬，志摩父墓建成后才立上的。"文革"中志摩父子墓被毁而碑已断损。1983年春，海宁县政府将徐志摩墓迁移重建于硖石西山稚儿德生墓旁，我撰写了一篇碑记与一本年谱放墓中，张宗祥先生写的墓碑从东山脚下民店前发现后，修整好竖立在墓前，他老父的墓虽不存，碑在去年已重立在原墓址上。

1982年冬，我从萍乡勘察孽龙洞归沪，路过硖石，为徐志摩墓选址在西山，有所感触，写下了几首诗：

> 诗人身是孤鸿影，残骨无存墓再留。
> 我恨与君只一面，青山寂寞为营丘。

> 已消塔影已残山，不惜重来着眼看。
> 一样凄风一样雨，断碑展罢泪阑干。

> 少年初读《想飞》篇，噩耗惊传上九天。
> 从此诗魂萦梦寐，白头拜倒硖山前。

> 人间天上两难知，白水泉深泪若丝。
> 有子海西归未得，稚儿旁汝慰相思。

如今硖石西山诗人墓，春秋佳日，中外人士去凭吊的很多。青山埋骨，诗人有灵，亦当含笑九泉了。

最近在上海豫园得月楼外宾接待室廊下，壁间添了一块新刻石，是诗人徐志摩的遗像。胡亚光画像、张大千补衣裾，由赵嘉福精工刻成，神采奕奕，是一件名迹。这画像是1948年，志摩儿子积锴去美国，我请吴、张二位画的，画存美国四十年，去秋积锴回国扫墓带来过，我与赵家璧先生建议刻石流传下去，终于成了事实。赵先生是徐志摩的学生，为徐身后做了许多好事，这也是人情啊！

1991 年春

补遗：

诗人徐志摩的这封遗书，是新见到的，可补入《徐志摩全集》中，现录如下：

稻孙先生：

你的神曲编成了没有，我在这里天天碰得到丹德的东西，这张画好极了。但我想 Giotto 先生难免有些偏袒，丹德老先生的尊容未见得有如此端正吧。中国趁早取消"文艺复兴"等等的法螺吧！差远着哩！北京有新闻没有？我

不想回来了，同时口袋快见底，这怎么好？志
摩问候。

五月五日　佛洛伦息

丹德即但丁，Giotto 即乔托，佛洛伦息即翡冷翠。

这信写于1925年，是明信片，正面印有意大利文艺
复兴初期著名画家乔托画的但丁侧面像。钱稻孙是钱恂
（念劬）儿子、钱玄同的侄子。志摩姑丈蒋谨旃（钦项）
弟觐圭（锡韩）与稻孙父亲同娶肖山单氏，是单丕（不庵）
的姐妹。

著书与赠书

今天阴雨，扶病到同济大学出版社门市部，去买了几本自己著的《说园》《帘青集》等，因为春节期间接到许多外地读者要我的书，我也不代购了，干脆送给他们，做个风流人情。

老来牢骚不能太多了，领导与医生、小辈都是这样讲：你太天真了，许多事是说不好的。但寻常事物的接触，又屡屡使我"肝气"难平。一本书出版本来是新华书店全国发行的，而最后却弄得上海新华书店也没书，那么又何必硬要在书上写着新华书店发行呢？一个四川读者几乎跑遍了四川新华书店，最后没办法，写信给我求援。老实说我的书，涉及面比较广，读者也多，不出书还好，出书了，许多赠书的麻烦也来了，而今花钱小事，最多稿费送光，但是复信挂号寄出，还要加上一些小心费，人是弄得筋疲力尽，加上这"马蹄霜滑"的春寒天气，怎么不恼人呢？

我颇有点自悔，为什么做知识分子，要去写作、设计呢？我羡慕卖茶叶蛋的人，坐在那里观看市容多闲适啊，他们未必比我收入差，至少不会生高血压、心脏病。但是天下许多事不便多想，人家说我"光着屁股坐花轿"，我也是在自我欣赏、陶醉，这山望着那山高。自我受苦的人，活该。"君子固穷"古之名训，我是穷也穷得美。

这里想要对新华书店及大小分店呼吁一下，你们是文化的推广者，同我们当教授的一样，没有高下之分，为提高中华文化共同做出贡献，是光荣的，你们在推销图书中，自己努力，将来可以成为学者，不能小看自己。我今天遇到不痛快事，你们听了也不痛快，所以我写出来，寄语新华书店，你们一定能理解我们著书人的心吧。

爱书读书

苏东坡说："无肉令人瘦，无竹令人俗。"这种境界是高了，在今天，也许很多绿化工作者也没有悟到，这也不能怪人家。原因还是少点书卷气，胸缺点墨吧。

胸要有点墨水，就是要有书读进去。我一天明白一天，我不是学者，读的书也不多，最多算个知识分子，加上高级两字，我有些愧色，但我爱书，爱读书、珍惜书，教了一辈子书，如此而已。

我每到一所学校，要参观图书馆，从图书馆中可以看出这所学校的水平。到一家人家，我总斜视看有没有书架，书本家中有几本，我多少摸到一点这屋中的主人是何等人也。至于壁上的书画高下，也是一个绝好旁证。

爱书、读书，书是最好的朋友，可以免俗、可以修身，可以增加知识，只要你肯读，它对你没有坏处只有好处。坏处不是说没有，如果读坏书，看黄色书、反动书，那后患无穷了，比毒蛇猛兽更厉害，可以损灭了你的一生。所以古人说："子孙虽愚，经书不可不读。"含意太深刻了，又说"积学以储宝"，就是说要读读书。读书要读好书，著书更要著好书，要有救世育人的良苦心愿。

不少外国人，读书之外，用书架及书籍来作为家庭的装饰，过去中国人也是如此。如今进入屋子里，冰箱代替了书箱，书香传家，又转化为冰箱传家，我又无说焉。现代人只求房屋豪华，不求心灵之美，不要书，要时装，甚至于单位发的书报费，也另挪别用。我有些寒心了，国家政府没有要你不读书。

约我写"读书""爱书"，我以为无此必要，这两件事应该是普遍的，不能由我们这些知识分子来"专利"。"学向勤中得""诗书不负人"是老话了，终究知识就是社会进步的能量，我们提倡读书、读好书，读者不以我言为非耶？

1991 年 1 月

叶品三先生谈往

　　我在《青苔集》中写过一篇《湖上风流说画师》，记载了我青年时倾交的杭州王竹人（云）与武劼斋（曾保）两位前辈画家，他们都是著名画家，可惜如今几乎很少人知道了。同时又难以忘怀的是叶品三（为铭）先生，作为西泠印社较老社员的我，我奉交过的老印人，可能是比较多的，王福庵、丁辅之、高络园、高野侯、高鱼占、赵叔孺、唐醉石等，武况闇、方介堪、陈巨来、吴朴堂，还有西泠印社老管理员叶秋生等，则年事稍晚矣，不过他们都已做了天上神仙了。

　　我认识叶品三先生时还不过二十出头，常到紫城巷他家中。老人亭亭如鹤，清癯有金石之气，蔼然君子也，我们闲谈、请益，看他写字，那时他七十多岁了。平时交往的有画梅老人蒋仙槎住在附近涌金门，还有王竹人、草虫画家金耐青先生，他们有时上小酒店雅坐，去印社坐一下，年龄都上了七十多，渐渐很少出城了。叶老是一位古道可风的长者，他虽然是安徽新州人，迁杭州很久，但在西湖净慈寺边建起了迁杭始祖的墓，亲自去安徽调查叶氏墓址，又在住宅边建了宗祠，对缅怀先人是做了艰苦的工作。至于他在印学方面的事迹与著述，我不细谈了。叶老出门拜客，他的名片是自己做的，上面红印一个老人拜揖像，是手刻的，很是别致。他为我刻过一方"从周二十五岁前作"的印，这印我一直保存下来，几年前交王京盨兄转赠印社保存，到今日一点回音也没有，我相信王兄不会辜负我对印社与叶老一片盛意。

流光过得太快，半个世纪过去了，我仍旧在怀念叶老，又想到在王京盨兄处的那方印，这印中存留着我们的感情，下次到印社，我还想再拜观摩挲一下。在叶先生的身上，我看到一位中国艺术家的美德高风，清贫、勤俭、朴素、淡泊和爱才，我是忘不了的，今天大家提倡金石刻印，但叶先生这样的楷范，是我们比学艺更重要的了。

1991 年春

我与苏南工专

　　苏南工专这所学校，治我国教育史者，不能忘记它，应该说是既有悠久历史，又有名学者教授，培养了大批工程人才，是摇篮，是温室，人们将永远记着它。

　　我在50年代初，应建筑科蒋孟厚主任之邀，曾去兼任一段时间的课。因为从刘师敦桢、吴丈之翰那里早知工专的历史与在教育史上的地位，因此我欣然赴约。我是每周星期五于同济大学政治学习后，乘傍晚火车去苏州，在观前新苏饭店住一夜，次晨到沧浪亭讲课。我教的是中国建筑史与中国营造法。上午课毕，下午我就踏查苏州古建园林与住宅，晚间在友人顾公硕姻兄家聊天，谈古说今，都是涉及苏州的。星期天仍是继续工作，到夕阳西下，缓步上火车站，携了一些苏州土产到家，子女倚门以待，老妻亦含笑以迎。所得人民币十元一次的兼课费，就是如此花费的。此情此景，仿佛一梦，不堪回首了。

　　在苏州期间我完成了《苏州园林》《苏州旧住宅》《江浙砖刻选集》《装修集录》《漏窗》等书与若干篇古建筑

调研报告。尤其值得高兴而得益的，是认识朱葆初老教授和贾林祥老师傅，我们是忘年之交，共同研究了许多苏南建筑的问题。从前刘敦桢教授常常道及工专教师老前辈姚承祖先生，心仪者久之，后来居然给我找到姚先生《营造法原》的手迹图，终于由同济大学印行问世。

在工专虽然任教时间不长，可是情谊是深厚的，用造园林的话来说，是"以少胜多"了。

郑板桥有副对联："室雅何须大，花香不在多。"一所高等学校，并不在大，也不在于高楼大厦，在于精，在于教师的责任感，能出人才。可能我这比喻不当，苏南工专与苏州园林一样，在于小而精，是办教育的历史典范。几位老校长、老教授，以一生之力，办成了教育史上光辉的一页。际此建校八十周年，我又忝为教师之一，写到此感慨万千。百年树人，我们每一个苏南工专旧人，在不同岗位上，还要继续发挥优良的苏南工专风。

"军训"杂记

读了《上海滩》1990年第6期的《华漕军训》一文，一直也想写篇有关军训的文章。我年轻时也受过军训，至今仍有印象。自从"一·二八"淞沪战争之后，国民党突然注意起学生的军事训练来，为实现军训的需要，那时每所大学以及设有高中的中学都由中央训练总监派教官一名，由学校聘司号兵一名。教官大部分是中央军校出身的，进大学的是少校军衔，高中则是上尉军衔。初中学生都得参加"童子军"，负责管理童子军的多半由体育教师兼任。

我是在杭州蕙兰中学读高中的。学校教官先是刘之锐，湖南人；后是纪中元，中央军校出身，二十二岁，河北人，号兵名刘斌。学生平时住校是军事管理，校服以军装代替。早晨由校长、训育主任、教官主持升旗仪式，号兵司号，唱国歌，训几句话。早操后，排队入膳堂早餐，先立正，再坐下，起动举筷，默无一声，五分钟后一律停筷。这种吃饭的机械动作，促成学生快餐的习惯，大概因为这个缘故，我至今吃饭动作还很快。宿舍里，被褥必须折叠得整整齐齐，还要用"内务板"把它夹出棱角才行，桌上的书籍也要排得端正。八时后，教官要到每个房间查内务，一旦有三天不合格，星期六就不准回家了。平时，"风纪扣"必须扣好，上课老师来了，级长叫起立，敬礼，坐下，绝不敢"自由散漫"。记得有个同学去摇树，便曾被校长徐佐青严厉训斥，这对我的一生影响也很大。傍晚降旗，仪式一如清早，毕后整队进膳。晚七时在大课堂自修。九时下课回宿舍，过十五分钟熄灯，训育主任徐之仁与训育员还用电筒从玻璃窗朝里面照射，检查同学是否已入睡。

平时军训，高一是每周四小时，而一年级下学期要有四个月的集中军训。1935年至1937年举行过三届，从4月开始到7月底，各省的高中一年级与大学一年级学生集中在各省的重要地点，如江苏镇江、苏州，浙江杭州。1937年，上海学生在上海华漕镇受训，不到苏州去了。我是1936年参加集训，是在杭州凤山门大营盘。那时，浙江省省长是黄绍竑，教育厅长是许绍棣，保安处长是宣铁吾。所以，浙江学生集训总队队长是宣铁吾，副队长是许绍棣与郑炳庚，宣与郑都是黄埔军校一期毕业生。宣是中将衔，郑是少将衔。实际负责学生军事教育的是郑炳庚，浙江青田人。

建制也像煞有介事，总队下分两个大队（营）、一个独立中队（大学生）。我是编在第二大队第八中队（连）第二小队第三班。大队长韩治，湖南人；中队长名杨潘中，湖南人。记得班长杨安中，江西九江人，祖父做过江西省省长，颇有来头。不过，从他的谈吐来看，思想似乎还"左倾"。他是为闹婚姻问题，才出走去考军校的。中队伙食自理，有伙夫班，还有一个主管事务的司务长。总队有管政治思想教育的政治教官，主任叫简朴，可能是黄埔军校三期毕业生，广东人。其他军乐队、军医等也都是从保安处调来的。

　　我们入伍前，剃了光头、穿草鞋、打绑腿，与正式入伍一样，星期天休息。受训的课程，有操场上的、有野外的，还有课堂上的，更有大报告。起身后整"内务"、升旗、出操、跑步，教官厉声叫着："跑不动要跑、跑死也要跑！"大有法西斯教育的味道。升旗时政治教官要讲话，我记得那年初夏，胡汉民先生去世，政治主任简朴讲了一个多小时有关蒋胡的关系。早饭后进行文武训练。教本有《步兵操典》《射击教范》，还有一些政治书籍，精神讲话则往往一立半天。大报告都是请要人、名人作，我印象较深的是一位当时财政厅厅长徐青甫先生，他是浙江的老一辈人，地方上知名度很高；另一位是郁达夫先生，我难忘他穿着长衫马褂的瘦影。野外训练实际都在附近梵天寺、万松岭一带山地，这里多南宋遗迹。过一段时间，则要到钱塘江边的打靶场进行实弹射击，来回都是步行。

拖着疲躯从操场上或野外回来，要举行降旗仪式，才得吃饭。晚上是自修。可以私下看点心爱的书。

军训结束前，我们专车去南京听"蒋委员长"的训话，凡是安徽、江苏、浙江等几个省的受训学生都要去。记得火车到嘉兴，转苏嘉路上南京。因为那时上海帝国主义的租界不许中国军队过境，我们火车开到下关，只好徒步走到明故宫中央军校。南京当时是高温，我分明记得走过鸡鸣寺时，柏油都化了，粘在草鞋上的滋味至今未泯。住在军校营房中，第二天整队听"蒋委员长"训话，他以奉化官话"勉励"了我们一番。我们队伍四周戒备森严，四角立四个将军，我只记得一个是桂永清，当时在国民党军人中赫赫有名。听训毕，我们在南京留了半天，观光一番，次日，再尝一次烈日下徒步到下关登车回杭州的滋味。

训练毕，国民政府训练总监发证书一张，上面盖有委员长蒋中正与训练总监唐生智的印，大学生加发一把"军人魂"的短剑，上面刻有蒋中正赠的字。

军训期间，军歌唱得很多，"小和尚念经有口无心"，都忘记了。有一首歌词是"中国国民志气洪，戴月披星去务农……"至今倒还记得。

说龟

　　我的陋室名"梓室"，叶圣陶又为我篆字题额。窗外樱花一树、修竹数管，室中书架两只，案上菖蒲一盆、小龟一只，寒酸气中倒没有俗味。我的那只录音机，是几年前去美国纽约建造中国园林"明轩"时带回的，也仿佛要退休了；听起昆曲来，名角色似乎要吃润喉片，嗓子不对头了，可是我仍乐在其中。

　　说起这只小龟，初夏天气太可爱了，清水中上上下下，闲适得很，它是小天地中悠然自得，却不是宦海沉浮，对我来说却引我遐思。龟者，贵也，四灵之一，长寿的象征，日本人尤其爱它，连名字也要用龟字，而我们中国似乎有些另外看法，用以取名的除古代陆龟蒙、李龟年外，恐怕少见了。但是爱它的人仍是那么多，并且用以入画。尤其近时，绿毛龟更是价值高昂，因为可出口了，身价自然大了。绿毛龟我也养过，难侍候。印象中最深的是老友周瘦鹃先生园中的两只，白瓷盆中，浮翠映绿，那从容的态度，教人心气和平，去除烦恼，进入清凉世界。可惜周先生作古多年，那两只名龟，又不知沦入哪个百姓家了，但我今日还是难忘，尤其老友在"文革"中的不幸遭遇。

人重其品，物解其性，记得当年向张师大千学画时，他在我画上，题过"物情、物理、物态"六个字教导与启发我，我是终生受用不穷。可是愚拙如我，仍未能十分体现，不过对事物总算不草草地过眼了，还是要细细品赏。我在陋室中闲暇下来，在龟的身上，休会到它的一些在人们眼光中微不足道的好处。平静的一夜过去了，清晨伸出头来，以极敏捷的速度，吃水中小虫、孑孓，过后闭目养神，一遇风吹草动，头便缩紧了，就是脚去踩上了，也安然无事，这就是龟，因为它心地高洁，所以它寿长了，人以龟寿颂之，不是事出无因。但是世俗对龟的不正确的称呼，我实在不理解。今日写这篇《说龟》，心存已久。炎夏天气，本来我的陋室很清静，如今同济大学新的基建，在我贴邻造了工房，清晨至暮，迪斯科、流行歌曲，响彻青云，我有怨无诉，为此小文，亦如龟之避世也。

1990 年春

我心不忍

　　初夏天气，做好了专题报告，从同济大学林荫道中缓步归来，脑子中盘旋着一篇小文的构思。走到学校大门口，人们挤住了。人家告诉我，说是对校门的彰武路口汽车轧死了两个人，受害者已送医院，而路上正在用自来水冲洗血迹。惨红的人血，太酸辛了，我不忍看，掉头回家，人是摇摇晃晃，心里很是沉痛。我忝为人民代表，我没有尽责，这两条命送了，多少在我良心上有谴责的，阿弥陀佛，我忏悔了。在归途中群众对我提出的一些要求，也是合情合理。彰武路的交通流量加大了，又添上公共汽车，同济大学上下班的人颇感不便，虽然路边违章建筑经我的三年奋斗，居然拆除，但对我们人民代表提出的扩大彰武路的意见，区里、市里都不肯接受。公说公有理、婆说婆有理，如今人命出来了，这是事实。我想，老百姓已经以性命证实彰武路拓宽的必要性。人非草木，孰能无情，寄语负责市政建设的领导们，你们也该有动于衷吧！"我虽不杀伯仁，伯仁由我而死。"良心上的谴责是世间最痛苦的事，我在沉默痛心的归途中，想得很多。

翌日下午，我再经过车祸出事地点，血迹还是斑斑，我在想，昨天的现在，这血还是活活地流在死者的身上，今天却在马路上任人践踏了。"人有旦夕祸福"，这是谁也不能料及的，但是"亡羊补牢，未为晚也"。痛苦的教训，不能淡忘，公事一了就完了。我想得很多，想到受害者的家属，想到今后同济大学同济人的行路安全，渐渐入于迷蒙的状态了。怜悯之心、人道之心、慈悲之心，又进入了宗教的彻悟与超度之心。我相信人总是有人情味的，拓宽彰武路是好事、是善举，我不写人民来信，写了这篇发自心里的小文章，我感到抑郁的心情舒宽了一点。我的呼吁，也许能感动上帝，那么，同济人就得福了。

1990 年 6 月

重修豫园东部记

上海豫园昔擅水石之胜，百余年来，东部增改会馆、市肆，景物之亡久矣。余每过其地，辄徘徊慨叹不已，虽风范已颓，而丘壑尤仿佛似之。解放后，百事昌盛，朱理区长有鉴于斯，遂拆市屋，还玉玲珑巨峰，稍事修整，余偕乔君舒祺参预其事，惜匆匆未善也。越三十年，董君良光来主豫园事，每感园之不足，就商于余，必欲复其旧观，而愿始遂。余欣然应命，退而细考潘氏园记与今日之实况，于是叠山理水、疏池濬流、引廊改桥、栽花种竹，以空灵高洁为归。锐意安排，经营期年，园隔水曲、楼阁掩映、初具规模矣。援笔之作，自惭续貂。良光坚属为记，何敢辞？爰述始末如此。园之成，承上海市文物保管委员督导，与门人张建华、蔡达峰两君之助，不能不记入者。

1987 年丁卯夏至陈从周

重修片石山房记

世之叠石能手，胥工画，石涛高名，艺垂千秋，人所共鉴。欲求其构山之作，难矣。然余不信世间未有存者。

曩岁客扬州成《扬州园林》一书，非敢步武《扬州画舫录》，留真况耳。其时终于发现片石山房，考之乃出石涛之手，孤本也。小颓风范，丘壑犹存。

近吴君肇钊就商于余，细心复笔，画本再全，功臣也。石涛有知，亦当含笑九泉，而扬人得永宝此园，洵清福无量矣。

1990 年庚午中秋陈从周撰并书

重修汾阳别墅记

　　园外有湖，湖外有堤，堤外有山，山上有塔，西湖之胜，汾阳别墅得之矣。江南名园借景之妙，以此负誉。

　　湖上园林，杭州呼为"庄子"，春秋佳日，小舟寻访，山际水旁，各占风光，今存旧观者，唯此而已。

　　园在湖之西，卧龙桥侧，原属宋氏，后归郭氏。易名"汾阳别墅"，盖郭姓属汾阳郡也。杭人以郭庄称。余每回湖上，见其建筑景物日颓，遂有重修之议，施君奠东，有心于此，招陈生樟德，主持其事，遵余意藻新之，于是风姿再现，如古画之重出装池，顿复旧观矣。

　　余谓西湖之景，贵在自然，自然之中点笔亭台，借景有方，处处浅画成图。而是园更引湖水入园，临流叠石，曲岸深幽，隐秀也。至于倚栏品茗，景移怀前，得静观之妙。天地间有此明净之境，足留佳客矣，余心欢喜。辛未榴月 [1] 适园工竣，述所见如此，爰为记。

----

[1]　指农历五月。——编者注

重修水绘园记

如皋水绘园，天下名园也，明冒辟疆所筑，董小宛故事，遍传人间，名园名姬，流为艳谈。忆少时谒冒丈鹤亭于沪寓，获交孝鲁先生，贤乔梓为水绘后人，熟知园之史实，尝拟往访，因寻未果，耿耿于怀。近如皋市以保此名迹，嘱为擘画修复，迟迟未敢举笔。此园以水绘名，重在"水"字。园故依城，水竹弥漫，城围半园，雉堞俨然，于我国私园中别具一格。今复斯园，仍以水为主，城墙水竹，修复而扩大之。筑山一丘，山中出涧，泄泉入池，合中有分；楼台映水，虚虚实实，游者幻觉迷目，水绘意境，于是稍出。园成，为记此文，知如皋重历史之文物，振民族之正气，地方文化得兴。他时春秋佳日，携筇与如皋人同游名迹，以偿五十年前访园之夙愿，实平生一大快事也。

水绘园重修联：

红了樱桃绿了芭蕉正是恼人天气；
种成花柳筑成台树更谁同倚栏杆。

柳州石记

　　少读柳宗元集，慕柳州山水，其说景之文，受益至深。近见柳州石，益增向往矣。天下之大，石无处不有之，长物也，又何足为珍。然柳州之石顽中寓秀，小中见大，云影华枝，仿佛画本。品石者但知雨花石，未有以柳州石入品者，盖所见无多。平心而论，柳州之石，产于溪中，得之随手，非开山破景而求之，亦不必以水碗映之，体形较大，可作案头清供，而变化之多、色泽之润，把玩生趣，发人遐思者，故品石、赏石，自古成风。诗人咏之，画家绘之，寓文学艺术哲理其间，珍贵几同珠玉、文物。余爱石，老而弥笃，借此寿身，小言者亦抽象艺术品。际此提倡文化生活之日，柳州石堪称宜人敦品，静中生趣，余一见钟情，乐以小文介绍于同好，想不以余言为非也。

1990 年庚午

于上海豫园谷音涧南轩

东湖小记

　　杭之西湖，越之东湖，隔钱江占浙东西之胜。昔陶浚宣因地制宜，造景东湖，后渐不治。李君志亭承绍兴市府之命，就商于余，经之营之，得复原观，景倍于前。而徐公文成之督导，功皆不可泯也。

庚午榴月

龙华塔影园记

    七级浮图，止于至善，度一切苦人，佛家之功德也。上海龙华古刹，有塔巍然，始于吴赤乌[①]间，自北宋太平兴国[②]重建迄今，历千余年矣。解放后余力为复原，法光再现，更参与寺之重修，顿存宏观，唯寺塔之间，旁有隙地，精舍竣工后，终觉虚然，爰发构图之思，凿池叠石，招浮图入园，仰则观塔，俯则现影，虚实互见，晦明风雨，光影变幻，大千世界，无边佛法矣。有亭名澄碧，倚亭闲眺，晨钟暮鼓，出没于乍有乍隐间。禅园之异于常园者，此园得之。明旸上人属为记，用兹弘道。

时辛未春日也

[①]　指三国时期吴国年号。——编者注

[②]　指北宋年号。——编者注

楠园小记

　　安宁有温泉，昆明之胜地也。昆明景物，四季长春，世人所向往者。安宁县邀余游，居之真神仙高境，山水信美。遂有构园之思，以为游人憩息之地。园有水一泓，倚山垒石，亭馆参列，材采楠木，为之故曰楠园。园可以闲吟，可以度曲，更容雅集举觞。秋月春风，山影波光，游者情自得之。

辛未秋园成为记

昆明鸥群

  我到昆明多次，这回因我设计的安宁楠园举行竣工典礼，我远道而去，兴奋愉快的心情不言而喻。

  第一次去昆明，我写过一篇《滇地虽好莫回来》的文章，我只在滇池边上看了一眼。这次昆明市园林处坚邀我去大观楼，可我没有勇气，写了"惆怅滇地唯一角，大观楼下独徘徊"两句诗，心境可知了。大观楼前的景色仿佛西湖三潭印月的一个侧面，五百里滇池，水的面积破坏得太惨痛了，将来要被人笑的，到时后悔来不及了。

  在水边我想得很多，我回想起过去咏滇池的诗文，如在梦中。这时一片白鸥翩然落在身边水面，舞姿凌风，雪羽招摇着晴空，远山如画，淡墨成图。暂时将视角移到鸥边。我忘世忘机，与鸥鸟间消除了一切隔膜，相亲相近，我的心灵随着双翼飞上云霄，掠过水面。偶尔我给一些食，她的舞姿更美了。这种人与鸥相嬉的现象，在翠湖公园及市里龙江桥上皆能见到。昆明人真有文化，全民施食、全民同观，在热闹的盘龙江两岸，人鸟相亲，太感动人了。古代有个好名词叫"鸥盟"，言人讲信用。如今昆明的白鸥冬来春去，与昆明人约期同乐；昆明人亦爱白鸥，是好朋友。万物同有良缘，有感情。我有些惭愧了，也许我的品格没有白鸥纯洁吧！万万想不到在山城不见野味，而见到白鸥，给我留下了难以磨灭的印象。我爱白鸥，我敬昆明市民，昆明市人民做出了榜样。

1992 年 1 月 5 日

《徐志摩年谱》自序

"悄悄的我走了，正如我悄悄的来，我挥一挥衣袖，不带走一片云彩。"（志摩《再别康桥》）志摩真的悄悄地走了，而且又是在漫天的大雾、一团熔熔的巨火中，来结束了他三十六年诗人的生命。到如今整整十八个年头，人事纷纭，有谁还惦记着他呢？当他那噩耗传来的时候，我只有十四岁，正在念书时候。如今呢？我已步入中年。流光如电，能不有感？

从前我爱读清初的纳兰容若（性德）和黄仲则（景仁）的作品，总觉得这两个天才作家死得太早，当时的人忽略了好好地记载他俩的事迹，以致后人了解不深，一想起就要不快。我编这本书的动机就是单凭这一点感情作用。我觉得现在再不给志摩写出来，往后恐怕更难了。因为与他同时的人，一部分还在，可是去询问一两件关于他的事，已经不很容易，即使是他的夫人、他的至亲好友，有些也含糊其词，却不能有一个正确的答复。于是更坚定了我的信心，要趁早做好这事。几年来有暇就搜集关于这书的材料，为的是求之不易。到如今还有许多人有更好的材料，却不肯拿出来，我很希望他们将来能为这书做一个订补。

志摩的散文、小说、诗和译作，批评家自有公论，无须多费。不过我总觉得有几点，今日是值得一提的：第一，他做学问，做事体，都是凭感情和血性，丝毫没有虚伪做作的，他宁愿抛却美国哥伦比亚大学的博士头衔和所学的政治经济，而买舟横渡大西洋，到英国剑桥大学研究院去好好地念书，去过那切实的读书生活。他不为美国物质文明和虚荣的头衔所引诱，这在一个人为学做人上是应当的。第二，他对家庭的影响是革命的。他为求生活上和精神上的安顿，不惜掀起极大的家庭纠纷，在当时半封建的中国社会，是罕有仅有的事。第三，在五四运动后，他对白话文、白话诗的提倡，尤其是以方言入诗、入文，开现在诗文中运用新语汇的先锋，这些都向着传统的旧文学挑战。虽然形式上过于唯美，但他的行动方面，仍然是向前进的。这三点我们应该用现代的眼光来作新的批判。他的新诗地位，无论如何，在近代文学史上，总是一个"开山"，正如潘光旦先生所说："新诗离奇死，今古两开山。"（志摩惨死在山东开山）朱佩弦（自清）先生也说："现代中国诗人，须首推徐志摩和郭沫若。"至于他的为人一生，杨今甫（振声）先生说：

"他是一部无韵的诗。"因此更令人起了无限的追思。

我编这书，只是提供研究现代中国文学史的一部分资料，所以内容力求有据，以存其真。过后有人研究五四运动后新文学作家的话，这书对志摩那部分多少有一点小小的帮助。我文戋戋，唯此愿望而已。

这书能写成，我要感激赵景深、张惠衣两先生，任心叔（铭善）师、徐崇庆内表兄、李彩霞姐和妻蒋定的帮助，谨此敬致谢意。

　　　　1949 年 8 月写成于沪西圣约翰大学的随月楼画室

《江浙砖刻选集》自序

砖刻是我国民间雕刻艺术的一种，它是在方砖上雕成各种人物、花卉、图案、文字等等，用来装饰建筑物的外观或内部的。在旧式建筑物厅堂前的门楼、照壁，以及墙的"墀头"与"裙肩"等部位，都有此种砖刻，而在江南地区的厅堂门楼，则尤为常见。它在中国建筑方面应用的雕刻艺术中，除石刻与木雕之外，又另树一帜。如远溯砖刻的起源，在现存实物方面，当推汉代的画像砖，其次是在北魏、唐、宋、元、明诸砖塔及陵墓的砖材遗物中，也间有一些施雕刻的。宋《营造法式》卷十五，"须弥座条"所示的做法，系用十三砖叠砌而成，上施雕刻。同时，苏州玄妙观南宋遗构三清殿的须弥座砖刻和今天所见还在继续生产的，相差无几。不过，过去的施工情况，是否和今天一致，就还有待于考证了。至于和今天所见砖刻一样的，首先当推现存的一些明代建筑装饰，如江苏洞庭东西山，安徽歙县等处的明代民居，以及山西、南京、苏州等处的无梁殿上的砖刻。它的风格质朴雅致，题材多以图案花鸟为主。及至清代中叶以后，砖刻的题材逐渐加多，正如乾隆时钱泳《履园丛话》所说："大厅前必有门楼，砖上雕刻人马戏文，玲珑剔透。"可见其时用砖刻来装饰建筑物的风气已经盛行了。

江南土质细腻，宜于制砖。苏州所产，在过去封建社会营造宫殿时，采用最多，即以其细致坚固，少沙眼，而且经久耐用的缘故。且砖在质地上视石质为松，视木质为脆；在比重上较石为轻；在自然条件的侵蚀方面，又较木质更耐风雨，施工既甚方便，而效果却是一样的好。因此明清以后，砖刻艺术就更加发展起来了。

江南地区的建筑物上，几乎到处都有砖刻，不过在艺术风格与技巧的优劣上，还是视这地区的经济情况与文化发展而有所不同。试从江浙二省来看，江苏的旧苏州及松江府属，浙江的旧嘉兴、湖州、绍兴及金华府属，都是明清两代财富集中之地。近百年来，上海城区的一些会馆建筑，更能表现这时期个别地区的经济情况。到今天还存在着的清代遗留的较大建筑物，就其风格来说，苏南浙北是同一系统，刻法细腻秀雅；浙东遒劲粗迈；而上海所存，则因匠师来自各地，作风便有综合各地风格的现象。

这些砖刻，过去在建筑方面，多数应用在观看主要部位，如门楼，照壁，墙的"墀头"与"裙肩"等部分，目的是除去增加该建筑物的观瞻华丽外，更使居住者得有一个美好的环境。例如门楼在厅堂的对面，人坐厅中，面对着华美的雕刻品，自然予人以好感。其在墙的顶部檐下，或在须弥座与大门四周的砖刻，也都是用来美化环境的。另一方面，大门在门楼下面，门楼用砖，大门就不会被风雨侵袭，这对于保护木制大门是有作用的；旧时为了防御水火盗窃，有些讲究的大门又在门上加钉竹条、铁皮，或钉方砖，在装饰之外，更有它一定的实用价值。

砖刻和石刻、木雕，在建筑艺术上同样地发挥了装饰作用；所不同的，只是材料的差别，应用时因需要而有所不同。例如浙东产石，石刻就多于砖刻。有些地方因石质笨重，不适合需要时，便改用砖料。并因砖质易于施工，于是在原有的基础上，又进一步加工装饰，刻法更为精细、层次更为加多。浙东有些地区，木材产量较多，门楼则又改为木材了。至于砖刻匠师，在若干地区亦非专业，而是雕花木工兼做的。从砖刻的题材内容、风格、技法等方面来看，它和木雕之间是有一定联系的。

从这本选集中搜集的图片来看，可以见到各地砖刻的不同风格。例如内容是"四时读书乐"的苏州砖刻，宛如几幅图画。其布局的妥帖、人物表情和姿态的生动，利用柔和圆润的刀法，刻制精工，充分地表现出人物和花木的立体感，以及建筑物的层次和深度，描绘出一些极其幽静的意境。又如上海砖刻《八骏图》的几幅部分图，刻法浑朴，和古代的石刻不相上下。这些作品在砖刻中都是精品，尤其对于图中的建筑物及园林花木器物的忠实描写，给我们提供了一些文物资料；还有若干题材是当时地方戏曲的剧情，在戏曲方面，亦保存了不少资料。至于图案花纹的精细，在这些砖刻中亦占很重要的地位。在刻制的手法中，对于人物的写生，其身段之优美、衣褶之流走、表情之细腻，可以看到当时匠师除继承了固有的传统手法与临写画本外，复从实际的、舞台人物的形象中体会得来，此又为我们今天艺术创作所值得学习的地方。其花卉图案及书法的构图和用笔，都与当时的绘画书法一脉相通。将施于纸上的佳作，移到砖上去，仍然是栩栩如生，却又比平面的原作更多立体的感觉。因此我们可以体会到一种艺术与他种艺术之间，彼此是有息息相通的地方，即砖刻一道，其艺术方面的形成，也不例外。

砖刻施工过程，编者曾经访问过几位技师，兹将其情况记录如下：

1. 方砖整齐工作：选择质地优良细洁、沙眼少的方砖，先以砖刨刨平，再将口（四周）做直，使其成雕刻时良好的材料。

2. 刷白浆：用石灰刷在方砖的上面。

3. 上浆贴大样：将画成的图画大样上浆，然后贴在刷好白浆的方砖上。

4. 描刻图样：根据大样上的图，用小凿在砖上描刻后，再揭去图样。

5. 刻凿：先把四周线脚刻好，然后再进行主题的雕刻，俟初步完成后再凿底。

6. 刊光：分两部分，先刊底，后刊面，在以前工作的阶段中，如发现有不妥善的地方，同时进行修改。

7. 修补：刻成后，如因砖质较差，有沙眼时，可用猪血砖灰填补，其成分比例为五份砖灰，三份猪血。

8. 磨光：最后如发现有不光洁处，可用糙石磨光。

9. 装置刷浆：将雕刻成的作品，装置在预定的地方，用石灰嵌缝，装置定当，用砖灰加十分之一的石灰和成的灰浆刷上。

现在砖刻的艺人，大部分散居乡间，有些年老的相继去世，青壮年大都参加了农业生产。因此在基本建设中，还未能充分利用和发挥他们在这方面的才能；希望手工业的研究部门注意到这些艺人，把他们组织起来，予以适当安排，使他们能得到更好的创作机会。

此集所选图片，是编者在实地勘察古建筑时摄影搜集所得。江浙砖刻为数不少，不过残缺者居多，从此集中可以见到一斑。至于砖刻中的故事内容，除去一般熟悉的，如"西施浣纱""圯上纳履"等以外，编者曾和上海戏剧学校昆剧组诸位同志共同研究过。因为大部分是地方戏曲，年久失传、无从查考，只得暂时存疑。但其中可能还有糟粕存在，暂亦无法剔除，尚希读者能予指教！有一部分因系建筑物上拆留的残片，其应用部位，不得而知，也就无法详注。

最后，希望大家对这一类砖刻遗产能予重视与保护，并研究如何接受其优良传统，将它运用到雕刻艺术上去，则是编者所热望的。

1957 年 2 月

写于同济大学建筑系建筑历史教研组

《玄采薇画》序

　　闺秀之画难得杰出者，而更难得以耄耋之年得之，且尚能以工笔驰骋艺坛，从来画苑亦少见。玄采薇女士，朝鲜族，四十年前从余游，初习兰竹，清逸天成，后工工笔花鸟仕女佛像等，以余忝为张师大千门人，故遂列为再传弟子，以张师技法精授之，进境益速，好誉鹊起，然采薇谦抑自逊，从不与时流颉颃，笃学人也。年过七十后，俗务稍减，一心于挥毫，工整沉厚，出入古人，几令人不信出于老人之手也。可供世人一观矣。今出其近作展出于朝鲜，故土也。其心情当可知之，而彼邦朝野之兴奋乐事，必更动人，余为采薇是举欢喜，爰介绍如此。

1991 年夏

《玉佛丈室集》第四卷序

真禅上人高僧也，法行普世，德行度人，余以师事之。顾念频年丧妻失子，忘却世缘空，永恨家山绕，处境非人所堪，师拯救于苦海中，茫茫来日，得见光明，无边佛法，此岂一人受恩而已。以余与上人交深，上人复自谦，持其近著《玉佛丈室集》第四卷来梓室，坚嘱为序，何敢辞，又何能以拙辞赞之，颂上人高行于万一，徒滋愧焉。

上人佛学之深，善行之广，行脚之远，则历代高僧传中所罕见者，苏教授渊雷丈于第三集序言中述之详矣。余唯合十稽首，焚香拜读，空谷来音，止于至善，正大旱之遇云霓，无量功德，泽及众生矣。辛未之岁，时维九月，人间天上，同兹乐土。

1991 年 9 月

于梓室

《喻蘅艺文丛稿》序

　　时下文化价值观严重错位，星相占卜、色情斗打，乃至诈道骗术之类的出版物，往往巧立名目，畅销全国，而真正学术性著作却难于出版，即使出版也难于销售。闻某出版社标校元人方回的《瀛奎律髓》，却被人误解为中医方单之书，因订数甚少而仅印两千部。有人幽默地说：应该先同方老先生商量，把书名改为《唐宋律诗精华》，销路可能好些。在这种学术性书籍难于印行的世态下，吾友喻蘅教授集辑其有关艺术文学方面学术争鸣、理论探索的论文和谈艺小品以及诗词选篇为《喻蘅艺文丛稿》，即将由复旦大学出版社出版，实在难能可贵。基于多年来的翰墨情缘，他要我替这部"为伊消得人憔悴"的《丛稿》写一篇序文，我自然是乐于接受的。

　　我在与喻兄订交前，曾屡闻夙所尊崇的古文诗词研究专家、目录学家吕贞白丈推许过他的这位擅长诗书画的得意门生；乃至与喻兄初晤于谢刚主（国桢）丈客寓，进而对俞的笃诚、博洽产生好感，从此我们成了文字之交。多次推荐喻的书法于绍兴、宁波、西湖、海盐、海宁等湖山佳胜之处，或镌联泐碑，或锦轴庋藏。至若名家书画手卷的鉴赏题咏，凡经我题者，亦多转属于喻，扩大其诗词影响，以报吕丈生前属意为高足延誉之遗愿。往年复旦评定其教学高级职称时，曾请我评审其论文，此《丛稿》中大部分文章早已先经浏览，并曾对他的学术功底作过认真的评估。

《丛稿》所收文章二十七篇，共分为书论、画论、诗词赏析考辨、施耐庵之谜以及自作诗词选篇五个系列。由于作者好古敏求、精勤不懈，故《丛稿》博涉旁通。其中如《兰亭序》真伪、中国文人画的历史作用、施耐庵世籍诸问题，乍看似乎是风马牛不相及的，实质上都是针对当代文化领域内某些历史虚无主义的驳议，逆应响流之论，成一家骇俗之言，自有其共性。即如《兰亭》论文七篇，是针对名公断言"伪作"之论的商榷，征引赅博、论析精微。尤以所辑自《圣教序》中二百余《兰亭》原迹，反证传世晚出之"神龙""定武"皆非标本，便使强指"神龙"为智永依托以证《兰亭》必伪之说失据。我曾评"喻蘅为《兰亭序》研究开辟了一条新路"，非虚誉也。

我最喜欢的还是喻兄的诗词，他曾赠我一本《延目诗词选》复印本。我平时不大欣赏时人自编自印的诗集，但喻诗选本却吸引了我。竟夕读毕，感到警拔婉惬、思新韵雅，如清风送爽，一扫时下诗坛习见的馊气。喻词为词学大师龙榆生丈嫡传，诗由吕丈亲自以江西派严谨的风规陶冶，俱见法乳滋养之功。荷堂老人陈兼与丈，是诗坛评论巨匠，评喻诗"咏新赋旧，彬彬可观，是可谓异才秀出于林表者也"，除在其《荷堂诗话》中摘引评介外，还"到处逢人说项斯"，喻诗遂为诗界耆老所重。《丛稿》所辑诗词二百四十首，可谓其代表之作，包吉庵丈曾誉为"有时代气息"者，良是。春阴初霁，小窗分绿，陈从周序于梓室。

1991 年谷雨

《日本园林》（汉译本）序

　　言东方园林，必举中国与日本为代表，盖两国文化固互相交流久矣，既有似处，而又有不似处，各逞民族特性也。余尝言曰：究中国古代建筑与园林，必解日本者；习日本古建筑与园林，必通中国者，益证余言之不谬。近年日本学子接踵来华，从余游，深明此道矣。前岁偕路君秉杰，同客东土，承村上泰昭先生盛情招待，遍观其国之古建筑园林，甚矣，眼格之开矣，百闻不如一见。园林者，立体之图画，非图照所能尽见者，境界二字，必亲身历其境有所感受也。时樱花已过，红叶未临，秋爽宜人，周旋于山间水畔，总觉与中土稍异，泉石安排，趣味有所不同，就现象观之，则余得中国园林"人工中见自然"，日本园林"自然中见人工"，尚未涉"境界"二字。"境界"二字之彻悟，必有待于文化之修养。余近多谬论，造园之学，非仅为种植，土木之功，实时代文化之表现，与昆剧誉为文化戏，其理一也。路君译日本森蕴先生著《日本园林》一书，有心也，期我国研究造园者，能先知其梗概、明其历史，他日有缘东游，则亲切有感，知其深矣，则此书之译非徒然哉。属余为序，弁数语归之。

1988 年戊辰秋

于同济大学村居梓室

《印度建筑史》（汉译本）序

少时依祖母膝下诵《心经》，知唐僧自西天取归者，所谓西天，长时乃知为印度，古籍所谓天竺者。佛教东来尔后，对我国文化影响极大，凡稍究学问者，皆多少知其一二。尤其研究中国文化史更不能脱离了解印度。

近世研究建筑者，范围广阔，然用力西者多，特重现代者更众，时势所趋，亦有猎新者。

余尚存谬论焉，世界文化之高下，必视历史之短长，物质可以暴发，文化绝非突然，须待悠久历史漫延，此理益明。印度是世界古国之一，佛教兴起，释氏之言，流传人间，世所共鉴者。他则不论，仅以建筑一端，吾人亦不能不深究者，其与中国建筑，如塔之传入、演变，佛寺石窟之兴造，皆与印度建筑与文化不可离也。但吾人常常不逐其源，仅随其流，非学子正确之态度。古人治学首重溯源之学，饮水思源，慎终追远，道其所以，始明其蔓衍纷杂，务本之道。今见往往只见树木不见森林，撷其皮毛，误谓登堂入室；浮夸之风，深为近日普遍现象，学风不正使然者。故究印度建筑非仅建筑之事，实文化所系也。

　　路生秉杰译日文《印度建筑史》示余，有心人也。秉杰从余游久，后东国留学，往来频仍，深明东方文化之于世界文化地位，而东方文化中、印息息相通处，尤深明焉。建筑者，文化也，而印度建筑更为明显，与我国关系至戚，读者望勿以寻常若旅游闲情之书视之，则开卷有益矣。重阳过后，小园黄花，清秋正宜人也。心地空明，葆此誉心，愿读者，修慈功德，同登乐土！

1990 年庚午 9 月

于梓园

《上海地名路名拾趣》序

　　几年前我主持重建上海豫园东部工程时，薛君理勇乞余为其所编《文以兴游》序言，余嘉其行，盖豫园之史实及楹联匾对皆存焉，园之功臣也。薛君悯上海掌故，英年力学，近时难得者，其爱国爱乡之情，以行动出之矣。新为《上海地名路名拾趣》一书见示，拍案叫绝，几十年来余欲为之者，今则见书成矣。喜悦之心，我自知之。上海自清季^①对外通商后，租界割据，地名路名更易。复经社会几度变革，又易之，数典忘祖，今名茫然，年老之人，亦颇多费力思索也；而海外华裔侨胞归国时与余问询旧时地名路名者尤多，怀旧之心常情也。理勇此书行方便多矣，岂止余一人而已。导游之人、司机服务之人，应宜人手一册，其有助于旅游方便多矣。今时各地编纂地方志，此书为地方志之重要部分。治上海城市建筑史之必要书籍，今者老耆凋零，走访无从，

---

① 即清朝末期。——编者注

理勇有心，早成此书，补史乘之不足，岂能以常书等闲
视之耳。

庚午大伏书于豫园谷音涧南轩

《江南建筑文化》序

"我有客怀忘不得，落梅影里别江南。"江南人家或是到过江南的人，尤其久别江南的人，读了这两句诗，感触是深的。江南是多么可依恋的地方，小巷人家，水巷人家，垂杨夹道，杜若连汀，我这种生在江南，长于江南，现又老于江南的人，说一句可爱江南罢了。

我爱江南风光、江南文化，爱听江南昆曲，柔情如水，往事如梦，这些具有民族特色、江南特色的瑰宝。可惜我心有余而力不足，有限春光无限梦，虽然我将园林美与昆曲美点了出来，对古建筑与住宅等研究也做了少量工作，但仅开风气而已，要做的实在太多了。我总希望有心人能做大量工作，为这软风柔波，充满着"糯气"的江南，写下清丽的篇章，这是对人类的大贡献。门生中的沈福煦，有心人也，以《江南建筑文化》见示，读之甚快慰。我屡屡申言，建筑者，文化也，非仅土木工程之事。世人徒以浅见而论建筑，则未为全面了。江南建筑是我国数千年文化重要组成部分，沈生能以全面述之，其异于访问所见一斑者则过之了。誊生之嫌，我固难免，则我甘受之了。秋阳当窗，修竹摇影，小园岑寂，神驰于水乡山塘间，乡思无限，爰为此序。

庚午于梓室

《江南水乡古镇》序

"人人尽说江南好，游人只合江南老。春水碧于天，画船听雨眠。"这是前人咏江南的词句，多依恋啊！这是人之常情，尤其是久别江南的人，或是初到江南的人，难免对这句词有同感罢，我是深有体会的。

我是生长江南的人，有过"粉墙风动竹，水巷小桥通"的歌咏，这正是江南水乡城镇的写照，如今随着新时代的建设，渐渐在改样了，但我仍是未能忘情。我热爱江南水乡城镇，几十年来也做了一点极微小的工作，但开风气耳。阮生仪三从我游，笃学之士，他继承他先德阮元先生的朴实学风，在江南水乡城镇方面做了大量的调查研究和规划设计工作，片舟来往于柔波软风之间，探胜寻幽，不但发现了很多珍贵的遗迹名构，而最重要的，以近代科学勘查的方法，有图有照、有论述，做了系统的阐述，这书是在踏实的基础上完成的，亦"朴学"之流乎？近年来人们对水乡的兴趣越来越大了，这是好事。有的歌咏、有的描绘，然欲求确实之记录，则舍仪三之作其谁耶？

写到此正好我的好友美籍华裔贝聿铭先生寄来他的近作香港中国银行①竣工照，多亲切啊。他是苏州人，爱水乡，我和他漫游于烟火小桥之畔，徘徊周旋于小巷深院之中，临水人家，隔河呼唤，作为一个久别家乡的游子，他那种表情太微妙了。人爱其家，人爱其乡，更爱其国。水乡景物，中华文化所系，我们应如何地珍惜它才是。仪三做了有益于国于民的好事，正如阮元先生在西湖筑了阮公墩，留千古湖上佳话。所以这书我乐为介绍。

小园秋阳，鸣禽婉转，好天气也。然而我却神驰于那长天秋水、玉带垂虹、粉墙篱落、是处人家，垂老情怀，我将永久忘不了。

1990 年庚午秋

于梓园

---

① 即中银大厦（Bank of China Tower）。——编者注

《绍兴古迹》序

　　越中山水、绍兴古迹，成为历史文化名城主要组成部分。我是绍兴人，我爱家乡，尤爱山水古迹。毓秀钟灵、文风特盛，可谓得天独厚，作为一个绍兴人来说，是值得自傲的。因此我刻一印"阿Q同乡"。这位忠厚的乡先辈是可亲的，我的友人梁谷音说我文章像鲁迅，为人像阿Q，说得很风趣。文笔像鲁迅先生是望尘莫及的，像阿Q的处世我却有几分，我也写过一些绍兴乡土文章，我誉之为水乡、兰乡、桥乡、醉乡，我更著有《绍兴石桥》一书，全面著录了家乡的桥影，这亦不过是古迹的一部分吧。

　　娄如松君，他同我一样是爱国爱乡的人，我们有一样的爱好。他在绍兴，比我条件好，笔墨亦勤奋，寄了本新近脱稿的《绍兴古迹》给我，阅后太高兴了。只要有历史、有文化，一定有人来记载的，这是热爱家国的表现，是一颗纯洁的良心，我们中华民族能世世代代传下去，就是依靠这点。如松这书写得很全面，有许多发人所未发，许多专业搞地方志的也不知道。我这里又要重提了，我国地方志权威学者章学诚先生，他也是绍兴人，家在道墟，明代的宗祠尚在。见到了这《绍兴古迹》一书，要提起一下，秋瑾的老家在漓渚峡山，如今完整保存着，那里风景很好，可惜地方太不注重了，想到又来说一下。总之，往迹往事太多了，如松是有心人，真是可敬可佩，这书有助于修志及文物、风景、旅游建设等多方面的工作。尤其精神文明与物质文明是相辅相成的，没有历史文化，经济物质是上不了的，我们绍兴有句老话叫"铜钱眼里翻筋斗"，铜钱眼里去翻筋斗，终翻不出铜钱中的方框，比喻得太好了。这本书跳出铜钱眼，是高尚的书，脱离了低级趣味的书，作为一个绍兴人，我为此感到光荣，欣然写了这些，仅仅算书后记而已。

1991 年端午

于同济大学

《西泠石伽石谱》序

　　石，顽者，以其顽而始能寿，有巧石，仍不失其顽性，可贵也。故申翁以石伽为名，且善画石，高龄矣。石伽学长与余同里，皆少出永康胡也衲师之门，其与叶浅予翁尤友善，盖年事相差余则稍迟之矣。

　　画石难有性有格，人品重之，石伽游于艺，不为艺所囿，薄市道，无时流之气，彬彬然一高士，近年杜门谢客，以笔墨大隐于市矣。兹以所画石谱见示，肃然起敬，能悟人矣。余虽能品石、能叠石，终未若石伽之能工画石者。胸中无石，石者实也；胸中有石，石者品也。余重石伽之敦品立身，则品其石谱，岂常人之观石矣。兹集之刊，知者必不以余言为非也。

《古城寻趣——平遥》序

　　余既为阮君仪三序《古城留迹》《江南水乡古镇》两书，近复出示《古城寻趣》，述山西平遥古城也。征文考献，图绘记录，亦史亦志，真有心人矣。

　　古城之留，无有完整，而平遥一城，尚白璧无瑕。曩岁余游晋中，初见相惊，流连忘返，依依而别，过眼行云，记述无多，时梦寐求之。今仪三力作成兹编，余愿已偿。览之发思古之幽情，吾爱平遥，吾爱华夏，乃先人文化之陈迹，启今人述古为今之思。至于游览寻趣，则平添文化生活，乐在其中矣。余不敏，爰述如此，识者自得之也。

　　辛未初夏自滇中筑楠园归，疲躯为此序。

读《龙井茶及其他》

　　阮浩耕同志最近寄我的是他的新著《龙井茶及其他》，展卷细读，沁人心脾，我仿佛又尝到了真正的龙井新茶。我脑海里浮起了无边往事，书宜人，与茶一样。

　　近来人们，尤其时髦的人，耻说饮茶了，要叫"饮料"，客来也不进茶，游山亦不品茶喝茗，坐在"洋空气"的空调中间喝饮料，是所谓"高等华人"了。老实说，饮之下加一料字，与肥料、废料一样的不讨人喜欢，外来的俗词，掩盖了传统的雅号，我有些怅然了。浩耕如果要做"摩登人物"，书名要改作《龙井饮料及其他》，包你书畅销天下，可惜有些人连龙井两字也不知道，这样浅陋的人有的是。

　　说茶的书籍，我的老师胡山源先生四十年前编过一本《古今茶事》，胡先生不久前以九十多的高龄下世，这本书我仍保存着。今天见到浩耕的新作，我有些像饮浓茶的滋味，苦中有甜，一种清香，仿佛在我身边周旋着。这是人情，是茶引出的人情。

　　这书有茶的历史、茶的故事、茶的品类，还有茶的文化，是一部充满了"书房味"的佳作。文章也很清简，看上去还是同茶叶一样有回味的书。浩耕绍兴人，同鲁迅先生一样讨厌假洋鬼子的。

听从杭州游西湖归来的人说，西湖上每天"饮料"的废瓶弃得实在太多了，我拍手大笑，这是无价的饮料公司广告，可是另一方面我又黯然了，这是西湖茶的最大敌人。转眼一想，这又有什么稀奇，茶叶早进了茶叶博物馆，清供起来了，也许今后只有博物馆中看得到古代人品茶的事。这也和丝绸博物馆一样，在"的确良"化纤的天下，丝绸将与丝绸之路一样，留给后人同样怀念而已。我国仍以农为本，不能轻轻抛弃。

下榻日本宾馆，可以自煎活水，啜新茗；茶叶泡制很精，碧乳浮香，我有些惭色了。到了僧院，一杯在手，禅心乍悟，又想起国内佛寺世俗化，茶如泥汤、饮料迎宾，心中不无耿耿。而在火车中出售的瓶装"乌龙茶"又都是从中国运去的，加以现代化了。人家没有忘记东方文化，而我们彻底现代化了，数典忘祖矣！茶农要改行为饮料商，茶店要变成咖啡馆了。

我是《龙井茶及其他》作者浩耕的知音者，一个中国人在外来文化冲击下，感触是深的，我爱茶，读茶书，是爱中华，读者必同情我这婆娑老人，眷于乡情、国情也。

1990 年 9 月

《名人与茶》序

"被酒莫惊春睡重，赌书消得泼茶香。"李清照与赵明诚的饮茶韵事，从十几岁读《易安词》到今天，半个多世纪，还是常诵咏着。茶是有感情之物，此异于他物了。因茶而带来了许许多多的流风佳话，与文学艺术作品一样，是陶冶性情的高贵的东西。名人与茶，千古美谈，人因茶而传矣，茶因人而更普及了。

香茗、佳茗、玉茗……多雅致的称名，多引人的芬芳！品茶之妙，作者在此书中叙述得多了，不必赞词，容读者细细看吧。

"柴米油盐酱醋茶"，开门七件大事，如今茶几乎为人淡忘了。饮料不是茶，是俗品。中国人由来加"料"字的，如"肥料""废料""坏料"，人有所畏惧也。我这里不是为茶做广告，亦无意与饮料唱对台戏。我颂茶德，我更爱这些能品茶的名人。在饮茶中有意境、有风度、有趣味，乐为介绍。假的就是假的，伪装应该剥去。中国人饮了几千年的茶，总不该到今天还要靠名人捧场，自增羞惭。我的这些话，可能年轻人认为"废话"，但终非"废料"。

茶香万岁！

1991 年夏初

序于西湖汾阳别墅

《平屋杂记》序

　　年龄一年一年地大上去，新潮流、新东西，有许多接受不了，情绪上常常抵触，看不惯。提笔写杂文，又是欲说还休，由他去吧，只可以自己责备自己。老东西太多，传统意识未能全抛，世界是你们的，归根结底是你们的，还是哑口少说。小斋清茗，怡然自乐而已，可是正在品茗中，小朋友送来了现代化的饮料，很自然地开口不恭了：我不要你的"废料""肥料""坏料"，我就是这样不识时务地做人。

　　朋友许钧颐，是位可以说说的青年，送来他的近著《平屋杂记》，文如其人，清新有味，能讲许多实话，比看时髦的"传记""小说"等胡说过半的水分文章，可人得多，酒后茶余寻乐一时，有的放矢，击中时弊，是位有心之人。文章虽小，隽味无穷。我是不会写大文章的人，也无法吹捧来做广告，实事求是说几句，作者读者也许可以原谅我的。

1991 年端午

《生活情趣集成》序

　　人类从原始社会发展到现代社会，就是文明，有科学教化，改变了落后的状态，大家早已知道了。而文化反在在被大家努力呼吁、提倡，尤其传统文化，仿佛是不入时，年轻人几乎一言以蔽之落后东西，有些人不解。老实说，文化是客观存在的，谁也跳不出文化圈子。不过是文化总是高尚的，提高的话来说，存乎道中。日本称品茗为"茶道"、书法为"书道"，是进入哲学范畴。我国有许多文化，同样存道，但没有明显提出，也缺乏发掘、宣扬与介绍，如我们现在不及时来抢救、提倡，那将来是不堪设想，愧对子孙的。所以今天的责任是重大了，述古为今，原是我们遵行的事，我们今天能做一些颂扬文化的工作，那真可说不朽之盛事了。

　　我的老家是酒文化的绍兴。生长在茶文化的杭州，我很感激我有幸，这两个文化名城，哺育了我，使我成为"文化人"。文化人不敢讲，尚不失为读书人，有点书卷气，今天以阮浩耕兄《生活情趣集成》属序，亦是这个缘故，这书有茶道、酒道、园林、诗词等，洋洋乎大观，收入了许多生活情趣的东西，是我国的文化，是值得提倡、宏大的。但是有些内容，趣味有点近乎低级，不过从情趣来讲，可以涉猎，但千万不能趋之若狂，向读者提出的。也许我是个"落后"人，新事物接受不了，年事关系，但我心无他，止于至善。

春水一江，花事阑珊，湖上风光，再游明年，新茗在怀，新竹堂前，书此以报浩耕，不以余言为废谈也。

1991 年立夏

《许元魁书法》序

　　上交许元魁先生，彬彬君子也，好学甚笃，书法如其人，观之自得，寓学养也。沧海横流，世人不读书、不鉴古，书无法度，时流一至于斯，良可慨也。元魁深居天一阁中，万卷诗书、金石碑版，朝夕研究，得之厚矣，故其落墨，笔笔有来历。视今之杜撰创新、欺世盗名之徒，岂可同日而语哉。余重元魁书法，益重元魁为人，无其人品，则无其书法矣。兹者论元魁书，言发于衷，无一词过誉，而元魁谦抑为怀，绝不自高所为书，故不辞言之也。元魁少年受学于乡前辈冯君木、钱太希二先生，冯钱二先生文章道德，世所共仰，以余绪作书，又一代大家。余弱冠观二先生书法，五十年来印象尤深，及识元魁，知学有所宗也，余仿佛闻冯、钱二先生謦欬矣。今日书此小序，实阐扬师道不能废、师承不能忘，继承不足，创新焉能。元魁书法，容或可阐明此说也。

《葛如亮建筑艺术》序

余交葛如亮教授三十余年，其下世悲痛竟日。近其夫人贾方持遗籍来，乞为序。般般往事，不堪回首，此巨册如亮心血也。见物思人，余何能表先友于万一也。如亮50年代来同济大学建筑系任教，风华正茂，谈笑风生，初习工程，继攻建筑。论其学，全面也。勇于任事，有个性，勤奋好学，卒能抵于高境矣。

建筑非即土木构造之事，实文化学术之表现。见人，见品，见学养。如亮甬人 ①，得四明山水钟毓，具才而耿直不畏强，故作品思之周密、造型清新，于体育馆之建筑，独辟蹊径，尤所擅长者；而风景建筑，不落常套，情寓于景，至于以实践而发宏论，亦言必有据，见其功力之深也。余读如亮设计作品及为文，益生钦慕之心，惜不能启其于地下，再为民作贡献也，国丧斯才，余失

---

① 即宁波人。——编者注

良友，而夫人之痛心更可理解。今兹集之刊，其有功于建筑学术可知矣。爰志小语，以塞余悲。

1991 年秋

于梓室

《兆琪曲谱》（中国台湾版）序

　　顾君兆琪，友人顾景梅夫人哲嗣。景梅，梅（兰芳）门弟子也，幼承庭训，长于戏曲之家，余识兆琪四十年矣。流光如电，兆琪已负笛王之誉，名满中外，演奏之余成《兆琪曲谱》一书，余惊其才，欣景梅之有子也。属为序，何敢辞？

　　兆琪垂髫，入上海戏剧学校，从俞振飞、许伯遒、朱传茗三公游。三公之笛艺，固世之宗师，流风佳话至今盛传。回思梅、俞合演昆剧，许、朱伴奏，歌声笛韵，万人空巷。许有笛王之称，今往矣，近则重见于兆琪之身，余庆许公之有传人也。昆曲笛音，其在斯乎？

　　工曲难，工笛尤难，有天赋之质，有持恒之学，工笛必工戏，能戏尤多，方从容为各色伴奏。兆琪之笛，神聚气沛，运满口吹之风，论者所谓技之高境，故行云流水，谷音晴丝，如诗如画，出没于泉石之间，令人倾倒。余暇时辄以兆琪清笛寄兴，助我构思，园林、文章、书画，其妙思往往于兆琪笛声中得之。

　　昆剧，人比之兰花，公论也。余则谓演唱者花也，吹笛者叶也，花多秀馨，无叶则不成画矣。画兰六十年，听曲六十年，老去情怀，益证两者相辅相成之道。今世人学曲者日多，能笛者，似感不足，盖畏难而却步矣。兆琪此书，述古为今，金针暗度，其有助于昆剧艺术之发展，功德也。将与《粟庐曲谱》《振飞曲谱》鼎足人间，爰述所见如此。

辛未夏于上海豫园谷音涧南轩

142

《地灵人杰》序

　　少年时看老家的门联，见到"物华天宝日，人杰地灵时"的对句，便体味到太平盛世的境界。当然，不管是什么世界，也不管在什么时候，人们总是怀有这样的愿望的。

　　如今，随着新的市政建设，老屋拆除了，那副对联也不复存在。但是，小巷人家，徒留梦痕，我是忘怀不了的。很可惜的是，目前千篇一律的城市建筑风貌，很难让人说出它有什么特点，"绿杨城郭是扬州"的扬州，"回首烟波十四桥"的吴江，柳色无多，垂虹不见，浓厚的地方特征渐渐走向消灭。而假古董又在代替真古迹招摇骗人。对此，我有些默然。

　　文化不高，要扫文盲，但单单扫文盲是不够的。我后来提出要扫"园盲"，至今看来还要扫一扫"景盲"。中国的旅游事业正在蓬勃发展，旅游不仅仅是古代少数文人雅士的乐事，他们当年游山玩水，有丰富的知识修养，可以不必请人介绍。如今旅游的面扩大了，谁都会迷恋和陶醉于山水之情，但是不是每个旅游者都懂得中国古迹，懂得领略山水之美了呢？看来还需有人引导。上海作家曹正文写了一本《地灵人杰》的书，用优美的文笔介绍中国六十二个文化历史名城，这本书写得深入浅出，以活泼的诗话体形式来传授旅游知识，对旅游爱好者和文学爱好者都是值得一读的。中国有句老话"入门问俗"，就是说，我们到一个地方就要了解其历史、风俗、史迹，当然还要认识城市风景建设的特征，更不能忽略人文景观，正文同志在此书中一一涉及，且可读性很强。不能不说，这本书是很有特色的。

我和正文同志相识已有好几年，他在《新民晚报》当编辑，主编一个"读书乐"专版，在他主编的版面上，时有名家露面，也时有佳作刊出，可见其当编辑的匠心。正文同志除了专心本职工作，同时还是一位多产的作家，近年来写了二十余本书，题材多样、文笔典雅，知识面相当广泛，由他来写山水与古典园林艺术的欣赏，正恰如其分。刚从云南昆明返沪，我是为了在那里建筑一座楠园作结尾工作。自为设计人，在竣工前要细致思索一番，才能完篇。园林设计与文章的构思一样，都是要花心力的。我是过了七十岁的人，劳顿过度，又水土不服，扶病而归，原来准备参加俞振飞老人的九秩华诞也未去，心中十分不安。在病榻上喜读正文这本书，很有感慨，写了这篇短序，希望正文同志谅解我写得匆促。

记于 1991 年 4 月同济大学村居

《秦新东盆栽》序

　　余友秦新东夫人王朝玉同志持新东遗制盆栽为赠，见物思人，凄然泪下。余交新东四十年，友好若兄弟，知其人也。新东有侠气，能以肝胆照人，制盆栽婉转多姿，能出新意，奇男子也。弱冠投身革命，解放后一意于苏州园林之振兴，与余同抢救网师园，以三月之力修复，其后园得扬名海外，新东之力也，而今知者少矣，此仅其于苏州诸园一功耳。新东负责苏州园林事业，非徒发号施令，能亲身力行，富才智。无论山石布置、建筑修整等，皆有卓见。余客吴门，下榻其家，辄交谈竟夕，新东殁，余几不至苏州矣，盖恩怨无人知者。

　　新东为人耿直，所交往往失慎，不得志于有司，隐于酒，寄情花木，其留存今日之作，一心血也，亦人品也。朝玉夫人与新东患难伉俪，必欲使其遗制留传，属为此序，无敢辞，新东地下有知，亦当解我此时心情矣。

庚午初春

于上海豫园谷音涧

《半野堂乐府》跋

　　大铁与余既同学于之江上庠，又同砚于张氏大风堂，私谊双重也。大铁习土木工程，攻力学、事结构，为高级工程师，以其余绪，为诗词、为书画，成就声誉，或有重于其专业者，盖人才之思，有若活水，流溢之广，固非陋儒之囿于一泓也。

　　大铁中岁值反右运动，昧于形势，妄求祝发，遂致困顿于时会，遇焉夫，命也夫？然其爱国之心，磊落之怀，抑郁之气，益发于笔墨中，词史之誉，当之无愧。改正后声望益隆，是则曩之所失，即今之所得，祸福原自相倚者，运转之机，否极泰来矣。十八年前，识师柳先生，先生为大铁族叔行，与之同修常熟崇教寺方塔，浮屠重新，功德同证。于时，大铁方羁旅皖中，莫能晤叙。今师柳先生尚健在，杖履市中，大铁亦已昭雪沉冤，恢复职誉，因得与之把臂虞山，桑榆非晚，老境可珍。当兹《大铁词残稿》付印已毕，聊书数语于后，以志余二人因缘如此。

1980 年庚申冬日

于同济大学建筑系

谈张森的书法

凡是识字的人，必定会写字，写字本来应该说是表达思想的方法，能书并精者，我们称之为书家。可是近年来，书家满街走，个个称能人，我有些糊涂了。沧海横流，书无定法，到了这样一个地步，成书家太容易了。从前人说书有学者字、经生字、账簿字、文牍字、纱帽字、书家字，等等，当然纱帽字最吃香，因为是官的字了。可是论书则各抒其见了，到底官还是官。张森与我同为布衣，所以他的书法，倒有一点亲切之感。最近将其近作《隶书滕王阁序》见示，神完气满，信手书来，无书家之做作气，而实书家也。因为笔笔有据、踏实用功，兼以盛年才华，方有这样的作品。现在许多书法，我不敢恭维，总觉得继承不足、创新太快，其成名，仿佛有些开发公司，昙花一现而已，韩愈说得好："膏之沃者其光晔。"我们历史上留下许多宝贵的书法遗产，弃之而薄顾，这不是真正做学问的人的态度。张森的书法，有其本，并能见到其力行之多，像他这本《隶书滕王阁序》，希望大家不要等闲视之，可作欣赏，可作学书者示范，对振兴中华、发扬继承祖国文化都有好处。小院春深，修竹当窗，摊卷快赏，消我尘思。陈从周记于梓室时庚午四月也。

1990 年 5 月

读《南国声华——周颖南海外创作四十年》

　　士有隐于市而发于文者，吾友周颖南兄得之。颖南闽之仙游人，仙游文风固盛也。弱冠出笔，蔚然成章，颇有所作。壮岁游南洋，客新加坡，是处乃吾华人经营之地，颖南以其文才，转肆力经济之开发，以其爱好信美之资，出余力扬我国之佳肴，使彼邦人知中华之文化矣。颖南长于文，广交游，尽识中外学者，受知于叶圣陶、俞平伯二丈，学更进。近刊其海外创作四十年结集《南国声华》一书寄余，开卷惊人，洋洋乎广我心眼，其间文苑交往、文苑记拾，与夫随笔剪影，皆清新可诵，亦文史也。余钦颖南之为人，重其古道热肠，岂仅颂其而已哉。

壬申新岁于同济上庠之梓室

跋《般若波罗蜜多心经》讲义

　　垂髫依依祖母膝下，老人日诵《心经》为日课，闻其声虽不了了，久之亦能信背如流。随年之增，所解略多，六十年来仍未得妙谛。频岁欣交真禅上人，事之若师。此《心经》讲义，深入浅出，非道行如师者，不能达此境界，实弘法之善本也。佛法无边，回头是岸，度一切苦人，同登彼岸。敬书数语，志我因缘，并愿祖母极乐西方。

1985 年乙丑长夏陈从周敬跋

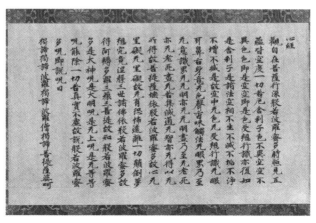

［唐］写本《心经》

151

《中华古代文化中的建筑美》序

晋代陶渊明有两句诗："众鸟欣有托，吾亦爱吾庐。"爱吾庐包含着双重意义，人们对于自己的家，首先有他的亲切之感，另外还存在着这家园的环境美与建筑美。老实说，我近年来很少出行了，因为新改造的城市，渐渐"统一化""标准化""进口化"了，旧城市的美，与它的特色，一天消减一天，固有的建筑美是在迅速地沦亡。朋友的住宅，几乎是清一色的工房，小巷人家、水边民居，那种恬静的生活境界，宛若梦中。也许有人要讲我发思古之幽情，我想有幽情要发，总有其理所在，我回答说，是古代文化美的诱惑吧。

以我个人的看法来说，建筑应该属于文化范畴。过去我曾提出过建筑史是文化史的重要组成部分，不仅仅土木建造之事。我从事古建筑园林的研究，也是先从文化方面入手，再深入具体的建筑方面的。古人说"由博返约""知古通今"，片面的"单科独进"，仅仅是头痛医头、脚痛医脚的"时髦"方法。人的素质与文化提高是多方面的，今天有很多学者注意到这件事。我们搞建筑的，也认识到建筑史与美学研究的必要，而美学研究者也跳出了纯美学的圈子，与我们建筑园林渐渐携手了，这是好事，值得欣慰的。王君振复是美学工作者，他写了《中华古代文化中的建筑美》一书，其目的正如他自己所说："对中国古代文化中的建筑意识及其美学意蕴加以初步地探讨，努力挖掘其文化本质与根源。"因此，也无用我多说了，读者看了这本书，自然是会分晓的。社会是在进步的，建筑的现代化正待实现，但我们不可能全盘西化，我们有我们的祖宗，正如我对海外侨胞及港澳同胞所说的："东西南北中华土，都是炎黄万代孙。"我们无法割断我们自己的历史，也无法否认我们自己的历史与辉煌的历史上的成就，因此王君写此书，真乃有心人也。而读者的面亦不仅限于专业人员，自有它的普遍性意义存在着，故乐为介绍，深信读者不以浅言为非吧。

新秋天气，小雨初晴，空庭如水，清风拂人。我读罢此书，顿觉有一种说不尽的读书乐。我是中国人，我爱中国书，心情如是而已。

1989 年初秋

写于同济大学建筑系

《中国古代园林文学》序

　　中国古代园林，应该是可说以文人思想作为主导的，所以人们称为文人园，建成后由此而创生园林记，以及咏园的诗文，两者相互生辉，园之名益彰了。在我国文学史上便产生了园林文学，情文并茂、亦文亦史，是一份珍贵的文化遗产。

　　老实说，我从事造园工作，启蒙老师还是宋代女词人李清照与她的父亲李格非，李格非的《洛阳名园记》，受益与印象太深了。李清照的咏景诗词，从小朗朗成诵，在我的思想深处，没有这些华章丽句，也不至于引我入造园之道。因此思想上没有东西，空空白白，再有造园技术，也是无济于事的。所以园林文学是造园意境之源，言造园不能等闲视之。外国有些学者说，中国文人园将渐渐建造不了，关键就在这里。

　　宋君凡圣是造园同道，她眼光锐利，看清了文学与园林的关系，编成了《中国古代园林文学》一书，有心人也。这书不仅是文学作品的集子，而尤重要的是着重在园林，姑名之为园林文学，是在中国文学上独辟蹊径，又在造园事业上有所启发与借鉴，这是做了一件好事，我为此而高兴鼓舞。这书的刊行，对今后造园事业起很大的影响，也许可以改变有些似乎不伦不类的东西，看出一点文化气息来，也可说是一件爱祖国、爱民族的大好行动。

我不能强求造园者一定要有文化，一定要有祖国文化，正如喝饮料的，无法改变成茶客。但是中国人品了几千年的茶，只有在今天有人抛弃它，不能不说是忘本。造园家不能忘本，在园林文学中有其本在。

从事文学的人，也不能忽视园林文学，历史上的赏园写景的园林文学，亦是文学宝库中的极重要部分，我们既欣赏了优秀的文学作品，也从中得到很多品园、造园的知识，有虚有实，一举两得，何乐而不为呢？因此园林文学，是宜人，是受广大读者爱好的。

是初冬天气了，"帘卷西风，人比黄花瘦"，正是我的近来写照，这两句李清照的词，背熟了快七十年；小斋中几枝黄花、窗外的山石修竹，景物也可说是园林文学，可惜我没有李清照的才华了。凡圣属我写序，老去情怀，知滋如此，芜辞片语，想凡圣亦能见谅也。

1991 年 11 月

于同济大学梓园

《世界公园漫步》序

近人好游，条件益倍于从前。旅游为今时新生事物，然欲穷天下之景物，则难矣！有限春光无限梦，有许多亦只能量力而行了，但人之异于动物者，他有高度的智慧，有移天缩地的本领，文字的叙述、录像的记录，都能起微妙而扩大眼界的功夫，那么就需要在这方面的努力了。士毅同志写了一本《世界公园漫步》，粗阅一遍，觉得很好，能打开人们的眼界，知道许多没有晓得的东西，我认为在目前社会与世界中，每一个人应该有广泛的知识。我是个从小时候就开始爱好看这类书的人，大了就去追求风景园林的学问，今日薄负时誉，也许与小时候爱看大人所认为的"闲书"分不开吧！这本是"闲书"，但也可起正书所不能起的作用。我觉得很不错，写了这简短的介绍，希望读者们勿以我的话为非是也。

1989 年冬

于豫园谷音涧南轩

中国园林散记

一、园日涉以成趣

中国园林如画如诗，是集建筑、书画、文学、园艺等艺术于一体的精华，在世界造园艺术中独树一帜。

每一个园都有自己的风格，游颐和园，印象最深的应是昆明湖与万寿山；游北海，则是湖面与琼华岛；苏州拙政园曲折弥漫的水面、扬州个园峻拔的黄石大假山等，也都令人印象深刻。

在造园时，如能利用天然的地形再加人工的设计配合，这样不但节约了人工物力，并且利于景物的安排，造园学上称为"因地制宜"。

中国园林有以山为主体的，有以水为主体的，也有以山为主、水为辅，或以水为主、山为辅的，而水亦有散聚之分，山有平冈峻岭之别。园以景胜，景因园异，各具风格。在观赏时，又有动观与静观之趣。因此，评价某一园林艺术时，要看它是否发挥了这一园景的特色，不落常套。

中国古典园林绝大部分四周皆有墙垣，景物藏之于内。可是园外有些景物还要组合到园内来，使空间推展极远，予人以不尽之意，此即所谓"借景"。颐和园借近处的玉泉山和较远的西山景，每当夕阳西下时，在湖山真意亭处凭栏，二山仿佛移置园中，确是妙法。

中国园林，往往在大园中包小园，如颐和园的谐趣园、北海的静心斋、苏州拙政园的枇杷园、留园的揖峰轩等，他们不但给园林以开朗与收敛的不同境界，同时又巧妙地把大小不同、结构各异的建筑物与山石树木，安排得十分恰当。至于大湖中包小湖的办法，要推西湖的三潭印月最妙了。这些小园、小湖多数是园中精华所在，无论在建筑处理、山石堆叠、盆景配置等，都是细笔工描，耐人寻味。游园的时候，对于这些小境界，宜静观盘桓。它与廊引人随的动观看景，适成相反。

中国园林的景物主要摹仿自然，用人工的力量来建造天然的景色，即所谓"虽由人作，宛自天开"。这些景物虽不一定强调仿自某山某水，但多少有些根据，用精炼概括的手法重现。颐和园的仿西湖便是一例，可是它又不尽同于西湖。亦有利用山水画的画稿，参以诗词的情调，构成许多诗情画意的景色。在曲折多变的景物中，还运用了对比和衬托等手法。颐和园前山为华丽的建筑

158

群，后山却是苍翠的自然景物，两者予人不同的感觉，却相得益彰。在中国园林中，往往以建筑物与山石作对比、大与小作对比、高与低作对比、疏与密作对比等等。而一园的主要景物又由若干次要的景物衬托而出，使宾主分明，像北京北海的白塔、景山的五亭、颐和园的佛香阁便是。

中国园林，除山石树木外，建筑物的巧妙安排，十分重要，如花间隐榭、水边安亭。还可利用长廊云墙、曲桥漏窗等，构成各种画面，使空间更加扩大，层次分明。因此，游过中国园林的人会感到庭园虽小，却曲折有致。这就是景物组合成不同的空间感觉，有开朗、有收敛、有幽深、有明畅。游园观景，如看中国画的长卷一样，次第接于眼帘，观之不尽。

"好花须映好楼台。"到过北海团城的人，没有一个不说团城承光殿前的松柏布置得妥帖宜人。这是什么道理？其实是松柏的姿态与附近的建筑物高低相称，又利用了"树池"将它参差散植，加以适当的组合，使疏密有致、掩映成趣。苍翠虬枝与红墙碧瓦构成一幅极好的画面，怎不令人流连忘返呢？颐和园乐寿堂前的海棠，同样与四周的廊屋形成了玲珑绚烂的构图，这些都是绿化中的佳作。江南的园林利用白墙作背景，配以华滋的花木、清拔的竹石，明洁悦目，又别具一格。园林中的花木，大都是经过长期的修整，使姿态曲尽画意。

园林中除假山外，尚有立峰，这些单独欣赏的佳石，如抽象的雕刻品。欣赏中国名园时往往以情悟物，进而将它人格化，称其人峰、圭峰之类。它必具有"瘦、皱、透、漏"的特点，方称佳品，即要玲珑剔透。中国古代园林中，要有佳峰珍石，方称得名园。上海豫园的玉玲珑、苏州留园的冠云峰，在太湖石中都是上选，使园林生色不少。

若干园林亭阁，不但有很好的命名，有时还加上很好的对联。读过刘鹗的《老残游记》，总还记得老残在济南游大明湖，看了"四面荷花三面柳，一城山色半城湖"的对联后，暗暗称道："真个不错。"可见文学在园林中所起的作用。

不同的季节，园林呈现不同的风光。北宋名山水画家郭熙在其画论《林泉高致》中说过："春山淡冶而如笑，夏山苍翠而如滴，秋山明净而如妆，冬山惨淡而如睡。"造园者多少参用了这些画理，扬州的个园便是用了春夏秋冬四季不同的假山。在色泽上，春山用略带青绿的石笋，夏山用灰色的湖石，秋山用褐色的黄石，冬山用白色的雪石。黄石山奇峭凌云，俾便秋日登高。雪石罗堆厅前，冬日可作居观，便是体现这个道理。

160

晓色春开，春随人意，游园当及时。

二、悠然把酒对西山——颐和园

"更喜高楼明月夜，悠然把酒对西山。"明米万钟在他北京西郊的园林里，写了这两句诗句，一望而知是从晋人陶渊明"采菊东篱下，悠然见南山"脱胎而来的。不管"对"也好，"见"也好，所指的都是远处的山。这就是中国园林设计中的借景。把远景纳为园中一景，增加了该园的景色变化。这在中国古代造园中早已应用，明计成在他所著《园冶》一书中总结出来，有了定名。他说："借者，园虽别内外，得景则无拘远近。"已阐述得很明白了。北京的西郊，西山蜿蜒若屏，清泉汇为湖沼，最宜建园。历史上曾为北京园林集中之地，明清两代，蔚为大观，其中圆明园更被称为"万园之园"。

这座在历史上驰名中外的名园——圆明园，其于造园之术，可用"因水成景，借景西山"八字来概括。圆明园的成功，在于"因""借"二字，是中国古代园林的主要手法的具体表现。偌大的一个园林，如果立意不明，终难成佳构。所以造园要立意在先，尤其是郊园。郊园多野趣，重借景。这两点不论从哪一个园，即今日尚存的颐和园，都能体现出来。

圆明园在1860年英法联军与1900年八国联军入侵北京时已全被焚毁，今仅存断垣残基。如今，只能用另一个大园林颐和园来谈借景。

颐和园在北京西北郊十公里。万寿山耸翠园北，昆明湖弥漫山前，玉泉山蜿蜒其西，风景淘美。

颐和园在元代名瓮山金海，至明代有所增饰，名好山园。清康熙四十一年（1702年）曾就此作瓮山行宫。清乾隆十五年（1750年）开始大规模兴建，更名"清漪园"。1860年为英法联军所毁，1886年修复，易名"颐和园"。1900年又为八国联军所破坏，1903年又重修，遂成今状。

颐和园以杭州西湖为蓝本，精心摹拟，故西堤、水岛，烟柳画桥，移江南的淡妆，现北地之胭脂，景虽有相同，趣则各异。

园面积达三四平方公里，水面占四分之三，北国江南因水而成。入东宫门，见仁寿殿，峻宇翠飞，峰石罗前。绕其南豁然开朗，明湖在望。

万寿山面临昆明湖，佛香阁踞其巅，八角四层，俨然为全园之中心。登阁则西山如黛、湖光似镜，跃然眼帘；俯视则亭馆扑地、长廊萦带，景色全围于一园之内，其所以得无尽之趣，在于借景。小坐湖畔的湖山真意亭，玉泉山山色塔影，移入槛前；而西山不语，直走京畿，明秀中又富雄伟，为他园所不及。

廊在中国园林中极尽变化之能事，颐和团长廊可算显例，其予游者之兴味最浓，印象特深。廊引人随，中国画山水手卷，于此舒展，移步换影，上苑别馆，有别宫禁，宜其清代帝王常作园居。

谐趣园独自成区，倚万寿山之东麓，积水以成池，周以亭榭，小桥浮水，游廊随经，适宜静观。此大园中之小园，自有天地。园仿江南无锡寄畅园，以同属山麓园，故有积水，皆有景可借。

水曲由岸，水隔因堤，故颐和园以长堤分隔，斯景始出；而桥式之多、构图之美，处处画本，若玉带桥之莹洁柔和、十七孔桥之仿佛垂虹，每当山横春霭，新柳拂水，游人泛舟，所得之景与陆上得之景，分明异趣。而处处皆能映西山入园，足证"借景"之妙。

三、移天缩地在君怀——避暑山庄

河北省承德市附近原为清帝狩猎的地方，骏马秋风，正是典型的北地风情。然而承德避暑山庄这个著名的北方行宫苑囿，却有杏花春雨般的江南景色，令人向往，游人到此总会流露出"谁云北国逊江南"这种感觉。

苑囿之建，首在选址，须得山川之胜，辅以人工。重在选景，妙在点景，二美具而全景出，避暑山庄正得此妙谛。山庄群山环抱，武烈河自东北沿宫墙南下。有泉冬暖，故称热河。

清康熙于1703年始建山庄，经六年时间初步完成，作为离宫之用。朴素无华，饶自然之趣，故以"山庄"名之，有三十六景。其后，乾隆又于1741年进行扩建，踵事增华，亭榭别馆骤增，遂又增三十六景。同时建寺观，分布山区，规模较前益广。

行宫周约二十公里，多山岭，仅五分之一左右为平地；而平地又多水面，山岚水色，相映成趣。居住朝会部分位于山庄之东，正门内为楠木殿，素雅不施彩绘，因所在地势较高，故近处湖光，远处岚影，可卷帘入户，借景绝佳。园区可分为两部，东南之泉汇为湖泊，西北山陵起伏如带；林木茂而禽鸟聚，麋鹿散于丛中，鸣游自得。水曲因岸，水隔因堤，岛列其间，仿江南之烟雨楼、狮子林等，名园分绿，遂移北国。

山区建筑宜眺、宜憩，故以小巧出之而多变化。寺庙间列，晨钟暮鼓，梵音到耳。且建藏书楼文津阁，储

《四库全书》于此。园外东北两面有外八庙，为极好的借景，融园内外景为一。山庄占地564万平方米，为现存苑囿中最大。山庄自然地势，有山岳平原与湖沼等，因地制宜，变化多端。而林木栽植，各具特征：山多松，间植枫；水边宜柳，湖中栽荷，园中"万壑松风""曲水荷香"，皆因景而得名。而万树园中，榆树成林，浓荫蔽日，清风自来，有隔世之感。

中国苑囿之水，聚者为多；而避暑山庄湖沼，得聚分之妙，其水自各山峪流下，东南经文园水门出，与武烈河相接。湖沼之中，安排如意洲、月色江声、芝径云堤、水心榭等洲、岛、桥、堰，分隔成东湖、如意洲湖及上下湖区域。亭阁掩映，柳岸低迷，景深委婉。而山泉、平湖之水自有动静之分，故山麓有"暖流喧波""云容水态""远近泉声"。入湖沼则"澄波叠翠""镜水云岑""芳渚临流"。水有百态，景存千变。

山庄按自然形势，广建亭台、楼阁、桥梁、水榭等。并且更就幽峪奇峰，建造寺观庵庙，计东湖沼区域有金山寺、法林寺等。山岳区内，其数尤多，属道教者有广元宫、斗姥阁；属佛教的有珠源寺、碧峰寺、旃檀林、鹫云寺、水月庵等，有"内八庙"之称。殿阁参差，浮图隐现，朝霞夕月，梵音钟声，破寂静山林，绕神妙幻境。

苑囿园林，于自然景物外，复与宗教建筑相结合。

山庄峰峦环抱，秀色可餐，隔武烈河遥望，有"锤峰落照"一景。自锤峰沿山而北，转狮子沟而西，依次建溥仁寺、溥善寺、普乐寺、安远庙、普佑寺、普宁寺、须弥福寿之庙、普陀宗乘之庙、殊像寺、广安寺、罗汉堂、狮子园等寺庙与别园，且分别模仿新疆、西藏等少数民族建筑造型以及山海关以内各地建筑风格，崇巍瑰丽，与山庄建筑呼应争辉。试登离宫北部界墙之上，自东及北，诸庙尽入眼底，其与离宫几形成一空间整体，蔚为一大风景区。

用"移天缩地在君怀"这句话来概括山庄，可以说体现已尽。其能融南北园林于一处、组各民族建筑在一区，不觉其不协调不顺眼，反觉面面有情、处处生景，实耐人寻味。"故若正宫""月色江声"等处，实为北方民居四合院之组合方式，而"万壑松风""烟雨楼"等，运用江南园林手法灵活布局。秀北雄南，目在咫尺，游人当可领略其造园之佳妙。

四、别有缠绵水石间——十笏园

山东潍坊十笏园是一个精巧得像水石盆景的小园，

占地三千多平方米，内有溶溶水石、楚楚楼台，其构思之妙，足为造小园之借鉴。

十笏园建于清光绪十一年（1885年），原为丁善宝的园林。笏即朝笏，古代大臣朝见君王时所用，多以象牙制成。因园小巧玲珑，故以"十笏"名之。中国园林命名常存谦逊之意，如近园、半亩园、芥子园等皆此类。

园中以轻灵为胜，东筑假山，面山隔水为廊，廊尽渡桥，建水榭，旁列小筑，名隐如舟。临流有漪澜亭。池北花墙外为春雨楼，与池南倒座高下相向。

亭台山石，临池伸水，如浮波上，得水园之妙，又能以小出之，故山不在高，水不在广，自有汪洋之意。而高大建筑，复隐其后，以隔出之，反现深远。而其紧凑蕴藉、耐人寻味者正在此。

小园用水，有贴水、依水之别。江苏吴江同里汪氏退思园，贴水园也。因同里为水乡，水位高，故该园山石、桥廊、建筑皆贴水面，予人之感如在水中央。苏州网师园，依水园也。亭廊依水而筑，因水位较低故环池驳岸作阶梯状。同在水乡，其处理有异。然则园贴水、依水，除因水制宜外，更着眼于以有限之面积，化无限之水面，波光若镜，溪源不尽，能引人遐思。"盈盈一水间，脉脉不得语。"《古诗十九首》中境界，小园用水之极矣。

造大园固难，构小园亦不易。水为脉络，贯穿全园，而亭台山石，点缀出之，概括精练，如诗之绝句、词中小令，风韵神采，即在此水石之间。北国有此明珠，亦巧运匠心矣。

五、绿杨宜作两家春——拙政园

"明月好同三径夜，绿杨宜作两家春。"

拙政园现分为中、西两部，在西部补园，望隔院楼台，隐现花墙之上，欲去无从；登假山巅的宜两亭看，真是美景如画，尽展眼帘，既可俯瞰补园，又可借中部园景，这才领略到亭用"宜两"二字命名所在。

拙政园建于明正德八年，为御史王献臣所建，拙政二字是取古书上"拙者之为政"的意思，表示园主不得志于朝，筑园以明志。几经易主，到了清太平天国战争后，这园的西部分割了出去，名为"补园"。两园之景互相邻借，虽分犹合。如今东部新辟的园林，则又是从另一园"归田园居"合并过来的。

园以水为主，利用原来低洼之地，巧妙安排；高者为山，低者拓池，利用其狭长水面，弯环曲岸，深处出岛，浅水藏矶，使水面饶弥漫之意。而亭台间出，桥梁浮波，以虚实之倒影，与高低的层次，构成了以水成景的画面。它是舒展成图，径缘池转，廊引人随，使游者入其园，信步观景，移步移影，景以动观为主。偶而暂驻之亭，与可留之馆，予人以小休眺景，则又以静观为辅。

拙政园美在空灵，予人开朗之感，开朗中又具曲笔，所谓"园中有园"。故枇杷园、海棠春坞等小园幽静宜人，而于花墙窗棂中招大园之景于内，互呈其美者，苏州诸园以此为第一。故游人入是园，多少会产生闲云野鹤、去来无踪的雅致。春水之腻、夏水之浓、秋水之静、冬水之寒，与四时花木、朝夕光影，构成了不同季节、不同时间的风光。

拙政园内有几处景点是绝不可错过的。远香堂是座四面敞开的荷花厅，荷香香远益清，所以称"远香堂"。人至此环身顾盼，一园之景可约略得之。前有山，后有岛，左有亭，右有台，而廊循周接，木映花承，鸟飞于天，鱼跃于渊……景物之恬适，如饮香醇，此为主景。右转枇杷园，回首远眺，月门中逗入远处雪香云蔚亭，此为对景。经海棠春坞，循阑至梧竹幽居，一亭四出辟拱，人坐其中，四顾皆景矣。渡曲桥登两岛，俯身临池，如入濠濮。望隔岸远香堂，香洲一带华堂、船舫，皆出水面；风荷数柄，摇曳碧波之间，涟漪乍绉，洵足醒人。

至西北角，缓步随石径登楼，一园之景毕于楼下，以"见山"二字名楼。

通过"别有洞天"的深幽园门，进入园的西部。三十六鸳鸯馆居其中，南北二厅分居前后，南向观山景、北向看荷花；鸳鸯戏水，出没荷蕖间。隔岸浮翠阁出小山之上。所谓浮翠，是水绿、山碧、天青的意思。其旁濒池留听阁，取唐李商隐"留得残荷听雨声"意，此处宜秋，因构此景。浮翠阁之东，倒影楼与宜两亭互为对景，而一水盈盈，高下相见，游人至此，一园之胜毕矣。迟迟举步，回首依恋，园尽而兴未阑也。

六、小有亭台亦耐看——网师园

小有亭台亦耐看，并不容易做到。从艺术角度来讲，就是要以少胜多，要含蓄，要有不尽之意，要能得体，无过无不及，恰到好处。试以苏州网师园来谈谈，它是造园家推誉的小园典范。

网师园初建于宋代，原为南宋史正志的万卷堂故址。清乾隆年间（1736—1796年）重建，同治年间（1862—1874年）又重建修，形成了今天的规模。园占地不广，但是人处其境，会感到称心悦目。宛转多姿，可坐可留，足堪盘桓竟夕，确实有其迷人之处，能达到"淡语皆有味，浅语皆有致"的高度境界。

中国园林往往与住宅相连，是住宅建筑的组成部分。中国传统住宅多受封建社会的宗法思想影响，布局较为严谨，而园林部分却多范山模水，以自然景色出现，可调剂生活，增进舒适的情味。网师园的园林和住宅都不算大，皆以精巧见称，主宅亦只有会客饮宴用的大厅和起居的内厅。主宅旁则以楼屋为过渡，与西部的园林形成若接若分的处理，手法巧妙。

从桥厅西首入园，可看到门上刻有"网师小筑"四字，网师是"托于渔隐"的意思，因此，园的中心是一个大池。进园有曲廊接四面厅，厅名小山丛桂轩。轩前隔以花墙，山幽桂馥，香藏不散。轩东有便道，可直贯南北，径莫妙于曲，莫便于直，因为是便道所以用直道，是供当时仆人作传达递送之用的。蹈和馆琴室位轩西，小院回廊，迂回曲折。欲扬先抑，未歌先敛，此处造园也用此技法，故小山丛桂轩的北面用黄石山围隔，称"云岗"。随廊越陂，有亭可留，名月到风来亭，视野开阔。明波若镜，渔矶高下，画桥迤逦，俱呈一池之中。其间高下虚实，云水变幻，骋怀游目，咫尺千里。"涓涓流水细侵阶，凿个池儿，招个月儿来。画栋频摇动，红蕖尽倒开。"亭名正写此妙境。云冈以西，小阁临流，名"濯缨"，与看松读画轩隔水相呼。轩是园的主厅，其前古木若虬，老根盘结于苔石间，仿佛一幅画面。轩旁有廊一曲，与竹外一枝轩接连，东廊名"射鸭"，是一半亭，与池西之月到风来亭相映，凭阑得静观之趣。俯视池水，弥漫无尽，聚而支分，去来无踪，盖得力于溪口、湾头、石矶的巧妙安排，以假象逗人。桥与步石环池而筑，其用意在不分割水面，看去增加支流深远之意。至于驳岸有级，出水流矶，增人浮水之感。而亭、台、廊、榭无不面水，使全园处处有水可依。园不在大，泉不在广。唐杜甫诗所谓"名园依绿水"，正好为此园写照。池周山石，看去平易近人、蕴藉多姿，它的蓝本出自虎丘白莲池。

网师园西部殿春簃本来是栽植芍药花的，因为一春花事，芍药开在最后，所以名为"殿春"。小轩三间，复带书房，竹、石、梅、蕉隐于窗后，每当微阳淡淡地照着，宛如一幅浅色的画图。苏州的园林，此园的构思最佳。因为园小，建筑物处处凌虚，空间扩大。"透"字的妙用，随处得之。轩前面，东为假山，与其西曲相对。西南的角上有一小水池，名为"涵碧"，清澈醒人，与中部大池有脉可通，存水贵有源之意。泉上筑亭，名"冶泉"，南面略置峰石，为殿春簃的对景。余地用卵石平整铺地。

它与中部水池同一原则，都是以大片面积，形成水陆的对比。前者以石点水，后者以水点石。总体上是利用建筑与山石的对比，相互更换，使人看去觉得变化多端。

万顷之园难在紧凑，数亩之园难在宽绰。紧凑则不觉其大，游无倦意；宽绰则不觉局促，览之有物，故以静动观园，有缩地扩基之妙。而奴役风月，左右游人，极尽构思之巧。网师园无旱船、大桥，建筑物尺度略小，数量适可而止，停停当当，像个小园格局，这在造园学上称为"得体"。

至于树木栽植，小园宜多落叶，以疏植之，取其空透。此为以疏救塞，是园小往往务多的缘故。小园布景有中空而边实，有中实而边空，前者如网师园，后者环秀山庄略似之。总之，在有限面积内要有较大空间，这些空间要有变化，所以利用建筑、花墙、山石等分隔，以形成多种层次；而曲水弯环，又在布局上多不尽之意。造园之妙，盖在于此。

七、庭院深深深几许——留园

"小廊回合曲阑斜""庭院深深深几许"。这些唐宋人的词句，描绘了中国庭院建筑之美。

苏州留园与拙政园一样，皆初建于明代，亦同样经过后人重修。其中部假山，出明代叠山匠师周秉忠之手。留园又名寒碧山庄，因为清代刘蓉峰重整此园时，多植白皮松，使园更显清俊，故以寒碧二字名之。刘氏好石，列十二峰宠其园，如冠云一峰，即驰誉至今。

进入留园，那狭长的进口，时暗时明；几经转折，始现花墙当面，仅见漏窗中隐现池石；及转身至明瑟楼，方见水石横陈、花木环覆，不觉此身已置画中矣。恰似白居易"千呼万唤始出来，犹抱琵琶半遮面"诗意。

此园之中部，有山环水，曲溪楼居其东，粉墙花椒，倒影历历，可亭踞北山之颠，闻木樨香轩与曲溪楼相对，但又隐于石间，藏而不露。游廊环园，起伏高低，止于池南。涵碧山房，荷花厅也。其西北小桥，架三层，各因地势形成立体交通。临水跨谷，各具功能，又各饶情趣。于数丈之地得之，巧于安排也。翘首西望，远眺枫林若醉，倾入池中，红泛碧波，引人遐想，得借景之妙。

园之东部多院落，楼堂错落，廊庑回缭，峰石水池，间列其前，游人至此，莫知所至。揖峰轩、五峰仙馆、林泉耆硕之馆、冠云楼等参差组合，各自成区，又互通消息，实中寓虚。其运用墙之分隔、窗之空透，使变化多端，而风清月朗，花影栏杆，良宵更为宜人。

中部之水、东部之屋、西部之山，各有主体，各具特征，而皆有节奏韵律，人能得之者变化而已。而"园必隔，水必曲"之理，于此园最能体现。

八、幽谷清溪假亦真——环秀山庄

真山如假方奇，假山似真始妙。这样的真山假山，才能看、能游、能想、能居。这是美境，亦是造园叠山所难能求得的。中国园林假山自有佳构，而现存者，当推苏州环秀山庄为第一。

环秀山庄原来布局，前堂名"有谷"，南向前后点石，翼以两廊及对照轩。堂后筑环秀山庄。面对山林，水萦如带。一亭浮波，一亭枕山。两贯长廊，尽处有楼。循山径登楼，可俯观全园；飞雪泉在其下，补秋舫则横卧北端。

主山位于园之东部，浮水一亭在池之西北隅，因面对飞雪泉，故名"向泉"。自亭西南渡三曲桥，入崖道，弯入谷中，有洞自西北来，横贯崖谷；经石洞，天窗隐约，钟乳垂垂，踏步石，上蹬道，渡石梁，幽谷森严，阴翳蔽日。而一桥横跨，欲飞还敛。飞雪泉在望，隐然若屏。沿山巅，达主峰，穿石洞，过飞桥，至于山后，枕山一亭，名"半潭秋水一房山"。沿泉而出，山蹊渐低，峰石参差，补秋舫在焉。东西两门额曰"凝青""摇碧"，足以概括全园景色。其西为飞雪泉石壁，洞有飞石，极险巧。

园初视之，山重水复，身入其境，移步换影，变化万端。"溪水因山成曲折，山蹊随地作低平。"得真山水之妙谛，却以极简洁洗练手法出之。山中空而雄浑，谷曲折而幽深。山中藏洞屋，内贯洞流，佐以步石、崖道，仿佛天然。磴道自东北来，与洞流相会于步石，至此，仰则青天一线，俯则清流几曲，几疑身在万山中。上层环道，跨以飞梁，越溪度谷，组成重层游览线，千岩万壑，方位莫测。园占地约3市亩，而假山占地约0.5市亩，小巧精致，实难以置信。

山以深幽取胜，水以弯环见长，无一笔不曲，无一处不藏，设想布景，层出新意。水有源，山有脉，息息相通。以有限面积，造无限空间。亭廊皆出山脚，补秋舫若浮水洞之上，因地处山麓也。西北角飞雪岩，视主山为小；水口、飞石，妙胜画本。旁建小楼，有檐瀑，下临清潭，仿佛曲尽而余味绕梁间。而亭前一泓，宛若点睛。

移天缩地，为造园家之惯技，而因地制宜，就地取材，择景模拟，造石成山，则因人而别，各抒其长。

环秀山庄假山是清代乾隆年间叠山名家戈裕良的作品，它的蓝本是苏州大石山。正如他另一作品常熟燕园模自虞山一样，法同式异，各具地方风格。

戈裕良的叠山技艺，皆有卓越成就，他总结前人叠山技术，创造了体形大、腹空，中构洞壑、涧谷的乾隆嘉庆年间（1796—1820年）作风的假山，其造洞技巧创钩带法，如造环洞桥，顶壁一气，结构合理，能运用少量的石，叠大型的山。而山石的皴法，悉符画本，其意兼宋元画本之长，宛转多姿，浑若天成，叠山之法俱备，为中国假山艺术中之上品。

九、二分明月在扬州——扬州园林

江苏扬州市西郊有瘦西湖，湖以瘦字命名，已点出其景致特色。

瘦西湖原是一条狭长水面，两岸以往全是私家园林，万柳拂水，楼阁掩映，瘦西湖正是游诸园时的水上交通要道。清时，因乾隆南巡，加建了白塔与五亭桥，虽都是模仿北京北海的建筑，可是风格各有不同。从城内的小秦淮乘画舫缓缓入湖，登小金山俯瞰全湖，坐在"月观"，眺望"四桥烟雨"，空蒙迷离，婉约如一首清歌。

瘦西湖的景妙在巧。最巧是从小金山下沿堤至"钓鱼台"，白塔与五亭桥分占圆拱门内，回视小金山，又在另一拱门中，所谓面面有情，于此方得。而雨丝风片，烟波画船，人影衣香，赤栏小桥，游览应以舟行最能体会到其中妙处。

平山堂是瘦西湖一带最高的据点，堂前可望江南山色，有一联："晓起凭阑，六代青山都在眼；晚来把酒，二分明月正当头。"将景物概括殆尽。此堂位置正与隔江之山齐平，故称"平山堂"。其他如"白塔晴云""春台明月""蜀冈晚照"等二十四景亦招徕了不少游人。如今平山堂所在地的大明寺又建了唐高僧鉴真纪念堂，修整了西园。西园有山中之湖，并有天下第五泉，饶山林泉石之趣。

扬州以名园胜，名园以叠石胜。扬州具有地方特色的四季假山，能使游者从各类假山中，享受到不同季节的感受。个园的假山就是其中代表作。

个园园门内满植修竹，竹间配置石笋，以一真一假的幻觉形成了春景。湖石山是夏山，山下池水流入洞谷，其洞如屋，曲折幽邃，山石形态多变化，是夏日纳凉的好地方。秋山是一座黄石山，山的主面向西，每当夕阳西下，一抹红霞映照在山上，不但山势显露，并且色彩使人倍觉斑斓，而山本身又拔地数丈，峻峭凌云，宛如一幅秋山图，是秋日登高的理想所在。山中还置小院、石桥、石室等，人在洞中上下盘旋，造奇制胜。登山顶北眺，绿杨城郭、瘦西湖、平山堂诸景，一一招入园内。山之南有石一丘，其色白，巧妙地象征雪意，是为冬景。从不同的欣赏角度，构不同季节的假山，只扬州有之。

楼阁建筑是中国园林的重要组成部分，楼阁嵯峨，游廊高下，予人以极深刻之印象。而扬州园林除水石之胜外，其厅堂高敞，多置于一园的主要位置，作为宴客畅聚之用，因为园林的主人皆属富商，有必要的交际活动。厅堂都为层楼，其连缀之游廊，同样亦有两层，称"复道廊"，故游览线形成上下两层，借山登阁，穿洞入穴，上下纵横，游者至此往往迷途。此与苏州园林在平面上的柳暗花明境界，有异曲同工之妙。游寄啸山庄，则游者必能体会。

寄啸山庄中凿大池，池北楼宽七楹，主楼三间突出，称"蝴蝶厅"，楼旁连复道廊可绕全园，高低曲折，随势凌空。中部与东部又用此复廊分隔，通过上下两层壁间的漏窗，可互见两面景色，空透深远。池东筑水亭，四角卧波，为纳凉演剧之所。在在突出建筑物，而山石水池则点缀其间。洞房曲户，回环四合。隋炀帝在扬州建造迷楼，流风所及，至今尚依稀得之。清道光年间（1821—1850年）《履园丛话》所说："造屋之工，当以扬州第一，如作文之有变换，无雷同。虽数间之筑，必使门窗轩豁，曲折得宜。"寄啸山庄使人屡屡难以忘情者，其故在此。

扬州的景物是平处见天真，虽无高山大水，而曲折得宜，起伏有致，佐以婉约轻盈之命名，能于小处见大、简中寓繁、蕴藉多姿。

小盘谷的九狮山石壁，允为扬州园林中之上选。园中的建筑物与山石、山石与粉墙、山石与水池、前院与后院等配置，利用了幽深与开朗、高峻与低平等对比手法，形成一时此分彼合的幻景。花墙间隔得非常灵活，山峦、石壁、步石、谷口等的叠置，正是危峰耸翠、苍岩临流，水石交融、浑然一体。园内虽无高楼奇阁，但幽曲多姿，浅画成图。"以少胜多"的园林设计法，在扬州以此园最有代表性。

无书游旅等盲君（外二篇）

无书游旅等盲君

前年我为《旅游天地》写过这样一首诗："山湖处处我钟灵，往日春秋别有情。说与常人浑不解，无书游旅等盲君。"

刊出来后，大家都说这是为游园"扫盲"。二月间，港台两地发行我的新著《中国名园》，没有贺词，就重复了这首诗，将"山湖"两字改为"名园"，感到如今才尽了。五月间同济大学出版社要出版我的第四本散文集《随宜集》，其中多数是一些写园林与风景的散文，我不想成名成家或以稿易钱，不过是希望大家对大好湖山、佳美园林，有些较高雅的游兴去品赏而已。

这次梁谷音去日本讲学，在《新民晚报》上写了许多日本戏剧的情况，有许多地方将园林联系起来谈，人亦评论她水平高、有艺术修养。这些是她游园的体会，是悟心。古人说得好："文以好游而益工。"我说文章既是好游而益工，为人、为学，能好游，哪有不提高自己见解的呢？游不是白相，看山看水、听风听泉，都存在高度的哲理，可观人情风俗又可增长知识，即使遇着不愉快的事，也可静下心来分析分析事态。总之，正常的旅游，是一个世界上再也找不到比它好的课堂了。

"与人无争，与世无怨"，为人要如此，旅游亦应如此，我提倡"春游随宜"亦是这个道理。春游是个忙季，大家要争好地方，其实，四时之景，无不可爱。钟情山水，是在个"钟"字。"钟情"是"生情"，情人眼里出西施。我曾说过为"竹"描容，画了半生的竹。风景呢？我是人弃我取，在人们遗弃中，不出名的风景，却如村姑一样真有美的东西。海盐的南北湖、苏州的石湖，几乎皆要灭亡了，我救了出来，而今名声一天大似一天，游人一天多似一天。这叫伯乐相马，货真价实，因此名气大的地方，游人多，我们"与人无争"。正如大鱼吃不到，小虾味道好，倒有真味。比一些满眼假古董的素鸡素火腿味道美多了。这样游得悠哉、自适，心平而无怨意。

上海春游何处

上海的园林也不少，最近的是南市豫园了，其小中见大，可说包括了中国园林的大部分手法。玉玲珑观峰，涵碧桥观鱼，谷音涧听泉，水廊信步。积玉峰小坐，如果有半日清暇，早点进园，初阳煦照，水面笼雾，该是赏心乐事了。远点嘉定秋霞圃精巧宜人，那古木下一碧涟漪，鉴我寸心；游人也比较少，容我小坐，任我遐思，年老的人去一下能延年益寿。从秋霞圃回来，过南翔、古漪园绕一周，心旷神怡，向晚回家，乐事从容。

青浦的曲水园，可能为淀山湖大观园掩盖了芳姿，其实我去青浦是很少去大观园的，因为我这寒士，怕见大观，穷得与这园不相称，由暴发户去吧。我愿在曲水园中小休，在夕阳红半楼闲坐，感到一种神秘的江南风味，这也许是谁也不肯相信的。我并不是贬低大观园，它那座点景之塔，确实是好，如果你能作水上之游，那风味就是与别处不同。如能舟行到附近周庄，江南水乡，风味可以书尽。在周庄品试一下"三味园"，这是名点，大城市梦想不到的，新鲜、味美、色洁。来这么一个点缀，太好不过了。

松江可以去，应该游一下"云间十八峰"，恐怕青年们有此精神。这明人的画本，清秀极了。上一下佘山教堂，欣赏一下佘山宋代秀道者塔，亦是美事。松江的古塔园、高家花园，亦可一游。

在市区还有一处大园，就是江湾的叶家花园，它是宁波人叶澄衷之子叶贻铨造的。叶澄衷做了两件好事，办了一所澄衷中学，培养了许多名人，如胡适之、王云五等。叶家花园可说是哈同花园不存后的上海最大的近代私家花园，假山、流水、小桥、亭台，可畅游半天，不过现在不开放，我相信不久后是可供市人一游的。

爱好是天然

"料峭春寒中酒，交加晓梦啼莺"。今年入春来天气总是阴沉沉的，前天居然出了一点微阳，小孙女媛媛说："阿爹太阳你几时买来的了？"多天真啊！如今铜臭横行，小姑娘亦以为太阳是可以买的，未退余寒与我未灭童心，交织成一点复杂的心理。

我前年此时写过一篇《柳迎春》的文章，匆匆又是两年，后来又写过一篇《迟水仙》。如今柳尚未萌芽，而水仙已凋零，大城市看不到早梅，心中该多难受啊！那么在这样人间没个安排处的境界中，又该如何慰此寂寥之心啊！我总抱一种"无可奈何花落去，似曾相识燕归来"的痴望，对小园中的花木也是如此。我安排点书带草，修剪一下修竹，将菖蒲草移出来，几块湖石妥帖安置一下，也觉楚楚可人，等待它们来报春讯。不说我暗自欢喜，就是廊下的那只芙蓉鸟也叫得怪称心的。寻乐要自己去寻的。

我是爱绿的人，提倡"绿文化"，要先绿后园，几乎是人们公认的了。花是好，但"种花一年，看花十日"，感到花开盛时太短了一些时候，而叶则长青，终年可观，尤其那种赏叶的树，太有意思了。前时到香港，那大酒店的花卉布置太繁华了，但我仔细一看，原来花都是假花，枝叶皆是真的，这样可以蒙蔽观者，而维持长久的好花世界。这办法似乎比我们专卖假花，聪明多了，而且真假不分，倒有几分"哲学思想"。

中国人欣赏花是着重姿态（造型），不讲品种，因此野草闲花，枯树古木也多可贵。我们化无用为有用的哲学思想很多，老实说，我就是一个。我这里提出是希望大家，爱好是天然，寻游也罢、看花也罢，要有点超逸的情绪，这样无日不在自乐中。朋友，汝意如何？

欲说还休怨"旅游"

"旅游",多漂亮、多摩登的名词啊！"旅游"既是精神文化的享受，又是物质的享受。有了钱就要玩，玩也许便是"旅游"吧！但是说也奇怪，我近来怕谈"旅游"，也没有钱的条件去"旅游"，人家说你旅游，地方上请你不到，你只要开口，一分钱也可不花，何乐而不为呢？我默然不答，我沉默，我怕，我怕血压升高，因为我良心还没有抹杀，我不能浪费公家的钱，更是我对目前旅游的现状是有所不满的，干脆还是家里坐坐，听听昆曲，到豫园工地指手画脚便了。

最近泰山开风景规划会议，邀我参加，不去。我的态度一向很明朗，你们造缆车，我反对。造了缆车，炸掉了半个日观峰，泰山被破坏了，缆车变成了风景区的怪物，一见便生气，对不起，我不会自招痛苦。南雁荡山又要开风景规划会议，要评为国家级风景区，要我讲点话，我婉谢了，也不去；地方上用尽心计，托人讲尽好话，能够使得风景列入国家级。这样，列入建设，国家要投资了，地方上可以不花钱，坐享其成，巧妙的戏法，我是看穿了。为什么省与地方不肯花钱呢？原因是"生出孙子吃阿爹"，伸手中央，是极端的地方自私主义。再看浙江省的省级风景区，一钱也不肯花，地近上海的海盐南北湖，一年只有县里拿出十万元，任其开山炸石，炮声如同老山前线，省与县亦视若无睹。原因是江、浙与上海的边缘地区，是风景区最遭难的地方，江、浙两省不重视，怕将来并入上海，上海市无权管，因此污染厂向这些地方建、石头砖头向这些地方要，运输更是方便，于是这个真空地带遭殃了，而风景呢？上海人又要去玩，残山剩水、满目凄凉，这叫作"全国一盘棋"吗？不是，是封建割据，所以浙江省要开南雁荡山会议，我有反感，也不去。

再说风景区无钱就吃风景、开石头，农民说"开炮一响，钞票上万"，比种田、搞旅游方便实惠多了，一分钱不投资，地方就可大吹牛皮，我们增产了多少、社办企业搞活了，真是白日见鬼。风景区有了一点钱呢，又不肯精打细算，热衷于造假古董，真山前造假山，破坏了泉水，装喷水池；低级庸俗的城市化建筑，以及破坏自然景观的道路缆车，真是不花则已，一花惊人。我怕，我还是保全老命，不去见这些丑态，自讨苦吃。

山有格，水有态，风景之美在于自然，仿佛与人一样。王嫱西施，不以胭脂与天下斗妍，而大好河山，却如东施效颦，最好是能"近代化"。外国人说一句中国风景建设与设施同外国一样，恐怕要开心得跳起来了。为什么在风景建设中，没有一点民族自尊心呢？风景区搞旅游，不能一味讨好洋大人。但是洋人却又爱看中国东西，那又为什么不冷静思考一下、研究一下，而是盲目地建设风景区。要知破坏了天然景观，是犯了上不能对祖宗、下无以对子孙的缺德事。问题很明显，对历史、文化、风俗以及民族的特性等等，都要下功夫。旅游要搞得好，风景要建设得好，一句话：文化建设。没有文化是徒劳无功的，终于要走向反面。

1989 年春

旅游琐谈

我国是个具有悠久历史与文化的国家，就旅游而言，一部《徐霞客游记》就是高度旅游的文化表现，它切切实实地做到了。千古定论，想来谁也否认不了，它没有谈"文化"两字，可是蕴藏了大量文化在。

如今"文化"二字现代化了，凡是不景气的东西都要冠以"文化"两字，满街饮料，要提倡茶文化；洋酒充市，要谈酒文化；服务态度不好，大叫商业文化；旅游变成"白相"来谈旅游文化。其他类似这些我也不细细举了。

我们看问题，总是只见树木不见森林，部门太多了，分工太细了。工作上不去，来提倡口号；旅游上不去，大喊旅游文化。其实事物是很简单的，"文化"两字放在一边，来不得就叫一下救救急，具体落实到事物，也就由它去吧，一推了之。就拿风景旅游来说，风景管理部门管不好风景，乱开山、捕捉珍贵动物、损伤名木古树，乱建宾馆、大架缆车等等，破坏了景观，又何谈文化呢？山间水边不品茗，饮料瓶子乱扔，又有什么文化？低级导游，瞎说一顿，则文化何在？寺院商业化，园林开商店。本是有宗教文化、园林文化的地方，如今变了样，上海用豫园牌子来作商场名称豫园商场，将来颐和园也要改颐和园商场，慈禧太后、潘允端要成为开发公司董事长了。

旅游地区用珍奇物品做生意，吃野味。猪肉已经不上席面，猪仔如果不进行计划生育，将自趋灭亡，这又何名旅游文化？总之旅游文化，恐怕旅游局也是不能独家经营了，要全民来关心提倡。

我不知在多少次会议上，多少篇文章中，说过山林不能城市化，可是少数人甚至领导，也爱山林城市化，最突出的是些大风景区。江西庐山历史悠久，将来庐山市政府也要放到牯岭去了，呜呼！山间无泉水，要饮自来水；山间不品茶，要饮饮料、进口咖啡。国酒似太土，洋酒身价高，甚至于风景区开会也要拉上窗帘，开亮电灯，外加空调，阳光空气、窗外美景都不要了，这叫什么旅游文化？此不过其一而已。现在我怕旅游，吃了一世风景园林饭，弄到闭门家中坐，免生闲气，又有何话可说呢？真是南无阿弥陀佛。

1991 年秋

苏州旧住宅

绪言

苏州位于江苏省东南部，周代时为吴国都城，后来三国两晋仍以"吴"称，至北宋政和年间（1111—1117年）改称"平江府"，元为"平江路"，明属江南省，称"苏州府"，入清仍旧。当时苏州有吴县（今苏州市吴中区和相城区）、长洲、元和三县。到民国则统名为"吴县"。解放后成立苏州市，范围包括城区及近郊。四郊属吴县。

苏州旧住宅，规模大小不同者，在今日存留下来的数量很多，在中国住宅建筑研究中是个重要地区。1957年春，建筑工程部建筑科学院带领大家调查全国旧住宅，我们是以华东为重点，苏州是其中重要地区之一。几年来我们调查了数百处，进行测绘摄影的共50余处，就所得资料，编《苏州旧住宅参考图录》一书并写成此文。限于著者的水平，不妥的地方，尚请读者指正。

自然条件

　　苏州位于长江三角洲的南部，居东经 120° 37'，北纬 31° 19'，东通吴淞江，西邻太湖，北通长江，南达杭嘉湖。城区面积达14平方千米，明代莫旦《苏州赋》所谓"苏州拱京师以直隶，据江浙之上游"，可以想见其位置重要了。城内河道纵横，水路交通很是便利。气候属海洋性，因为受海风的滋润影响，所以气候温和湿润，无严寒酷暑，不过梅雨期间较长，很感湿闷。全年温度最高为 41 摄氏度，最低为零下 12 摄氏度。全年降雨量在 1 048 毫米左右，40％集中在夏季各月，冬季各月的雨量亦达全年 11％，成为我国地理环境中雨量最润匀的区域。雨量的分布以春季的季风雨、夏季的梅雨、秋季的台风雨和冬季的气旋雨为最重要。风向方面，夏季多东南风，冬季多西北风。冬季不太冷，冻期仅 3—4 天。夏季温度较高达47天之多。全年平均日照率在 30％以上，七八两月在 50％以上。因此，在这种自然条件之下，房屋朝向多南向与东南向，房屋建筑高度增高，进深加深，屋顶用草架施覆水椽（双层屋顶）以资防热，平面上尽可能用前后天井，门窗都用长槅扇（落地长窗）及低槛窗。在夏季北向房屋尤为凉爽，所以倒座及北向的厅事均有其存在之必要。土壤属黏土，其上覆有机土与人工堆积土，单位承载量每平方米为 10—12 吨。附近太湖诸山及金山等地皆产石，陆墓御窑等地产砖，建筑材料除木材仰给于他省如福建、江西、湖广等外，一部分若银杏、枸树等木材本地亦有之，然为数不多。农产品以水稻为主，鱼、虾、水果产量亦丰富。

社会背景

"上有天堂，下有苏杭。"这说明在封建社会时，苏州是一个繁华与富庶的地方。当然，之所以形成上述情形，除自然方面的土地肥沃、气候温和与农业发达外，社会因素还是主要的原因。

苏州从周代的吴国以后，经秦汉三国，在经济及手工业技术方面不断地发展与提高，到六朝已成为富庶的地区。隋代运河畅通后，苏州又是其经过的地方，兼以唐以后的海外贸易，都促进了商业与手工业的发展。五代时属吴越，因未曾加入中原的兵戈，维持了它的小康局面，在经济方面仍是繁荣。宋称"平江府"，赵构（高宗）曾驻跸于此。以宋代的经济来看，其时的城市工商业相当可观，平江图（宋绍定二年，1229 年）所示城市规划与玄妙观（宋称"天庆观"）三清殿木构建筑，都可以证明这一些。苏轼《灵碧张氏园亭记》所说"华堂厦屋，有吴蜀之巧"足征其时苏州建筑技术的成就。元代唯江浙两省为富庶，致使其经济仍能维持，因此尚有足够财力营建规模较大的住宅。入明后的江南省，财力尤为全国之冠。明中叶后城市经济日趋繁荣，而退休官僚即于此置田构宅、经营商业，终老苏州。土地兼并日甚一日，对劳动人民剥削更渐趋加重，至清代仍继续着。因此拥有这样大量的旧式住宅及园林建筑的地方，在今日全国除北京外要首推苏州了。苏州是一个手工业与消费发达的城市，手工业制作特精。过去居住者，一类是地主官僚，一类是手工业劳动者；一类是代地主官僚经营或自己经营的商人，其中利润最大的有钱庄、酱园、典当、银楼等行业。地主官僚除本地的外，他处羡慕苏州繁华而移居其地的亦很多，尤以浙北、皖南人为最多。浙北的如海宁陈姓、吴兴沈姓、嘉兴王姓等；皖南以旧徽州府而论，如潘、程、汪、曹诸大姓皆明代后移入的。徽州人喜置第宅，今苏州旧式大住宅大都属以上诸姓，似乎亦有此原因。在地主官僚、商人层层剥削下，住宅有着极明显的阶级性。一种是大第宅，属大地主、大官僚与富商所有；另一种较小者，则属中小型地主官僚所有，或一般业主所有。至于手工业者及商店职工，则租赁地主官僚等所建的极其简陋的房屋。到清末民国初，则新兴的资本家又代替一部分没落的地主官僚而占有大住宅了。

另一方面，苏州自南宋绍兴年间《营造法式》重刊于平江，对建筑起了一定的影响。入明代，其附近香山木渎的匠人又参与营建两京宫殿，著名的建筑家如蒯祥即香山人。至若计成《园冶》、文震亨《长物志》、李渔《一家言·居室器玩部》、李斗《工段营造录》，以及清末姚承祖《营造法原》等，都对住宅建筑直接或间接地在设计与技术方面起了影响。"人民、只有人民，才是创造世界历史的动力。"主要是由于建筑匠师们辛勤劳动的成果，发挥了无比的智慧，累积了丰富的实践经验，不断地提高。兼以手工业及其他文化方面的发达，亦相互起促进作用。

住宅现状举例

小型住宅

汤家巷陆宅，南向，平面曲尺形。大门从东入为一小天井，主屋面阔二间，一为起居室，另一为住屋，其西首系一小厢。楼梯与厨房在主屋后，亦无后天井。二楼平面与一层同。

蒲林巷吴宅，系词曲家吴梅故居。南向，入门门屋一间，折西为楼厅与两厢组成三合院，从厅东首小门可导至书斋，斋仅一间，前后列天井，是利用门屋后隙地建造的。厅后为上房楼屋五间，天井中东侧有一月门可通至书斋后天井。披屋（即下房）、厨房皆在上房后。此宅用地不多，颇为适用。

马大箓巷张宅，平面为"H"形，楼厅三间翼以前后厢房，门屋系利用东厢，后天井之东厢即作为厨房。此种形式，江南称为"四盆一汤"式。此类小型住宅天井之外墙端，往往开瓦花墙（即瓦砌漏窗），或置琉璃预制漏窗，以便通风采光。

中型住宅

阔街头巷张宅，此为苏州著名园林网师园之住宅部分，清乾隆为宋宗元宅，后归嘉定瞿远村，同治年间属李鸿裔，民国后归张锡銮、何亚农。叶公绰、张善子、张大千皆曾分居其园宅。是宅大门外尚存大型照壁、东西辕门，为今日苏州住宅中大型照壁的硕果仅存者。大门外石板路修整，照壁前植柏树、盘槐，树池外衬以冰裂纹铺地，雅洁自然，与前者适成谨严活泼之对比。大门抱鼓石、门簪、高槛俱在。入门进轿厅，西折为网师园，但见回廊片段与处于前后假山间的小山丛桂轩。轩西北有曲廊，折北为濯缨水阁，北向。其前为池，池西侧筑六角亭，缀以游廊，向前至西北转角处有曲桥。桥北看松读画轩，面阔四间，三间南接山石，西端一间置小院。轩东临水有廊名射鸭，其后筑楼，东又以一楼贯之，盖即在女厅后者。轿厅后为大厅、女厅（上房），皆在一中轴线上，大厅面阔三间，旁列书斋。女厅系楼厅，面阔六间，明五暗一，东首联厢，天井为横长方形，两侧隔以短垣，上列漏窗，内植桂树，为女眷夏日纳凉之处。射鸭廊后一楼为园宅之过渡，登楼可俯视全园，为此宅之一重要特征。厨房、下房均在正屋之后。

修仙巷张宅，张氏为浙江南浔的地主富商，此宅为其来苏停居之所。因此主要建筑物仅门屋、轿厅与楼厅（上房）各一座，皆面阔三间，其东置一精致的三间花厅，厅后置左右二厢，俾厅前面积增大。厅前置湖石、植桐桂，皆楚楚有致，极为幽静，为主人会宾的地方。花厅后尚有一小厅作曲尺形，再北为典当房。今损毁已大半，当房北向，正门由大街景德路出入。

廖家巷刘宅，南向、东门，其平面为"H"形，楼厅三间，左右夹厢，前后各列两厢。厅前两侧者，东首为门屋，西首为书斋，其前则为一小天井。厅之西首隔避弄为一面阔三间楼厅，前辅以二厢。厅西书斋前后两间，为主人读书之处。此建筑虽由两组合成，但又可分别使用，宅东南两面设大门。厅后有"日"形楼屋，天井小，通风光线皆差，系红纸作坊，因当时主人经营此业。作坊旁为厨房及货房等地，更西有一小园。

大型住宅

天官坊陆宅，是宅原为明代王鏊旧宅，王官至大学士，王芑孙《怡老园图记》所谓："当时先文恪公尚宝府君作居第城西，前曰'柱国坊'，后曰'天官坊'。又辟其余地为园，曰'怡老园'。入清朝以其第为江苏布政衙门，于是柱国天官之坊中断为二，子孙散处其间。今所居柱国坊，实当时园屋而已。"坊东名学士街，当时园西枕夏驾湖，临流筑室，城之雉堞映其前。今人称是湖及附近小流皆冠以王鏊之名，其源已是可知。宅于清乾隆壬子年（1792年）归陆义庵，现除正路部分尚存旧规外，东西则有所改建增筑，一宅之内包括住宅、祠堂、义庄及小型园林，其占地之广为苏州住宅之冠。

建筑物南向中路以门屋、轿厅、大厅、女厅等为主。大厅面阔三间，进深特大，作纵长方形，前用翻轩（卷棚）。系明代所建，唯梁架入清已有部分修改。厅两侧分列书房，并兼作会客之用，平面狭长，前后间以小院。厅前门楼下原有戏台，今已毁，门楼底部之石刻犹是明代遗物，雕刻至精。女厅计楼五间，并缀厢楼，作"H"形平面，其后楼屋七间亦作内眷居住之用。再后为披屋，系婢仆之居所。东路有厅，后有居女眷之上房、厨房及花园。厅建于清嘉庆丙子年（1816年），面阔三间，东西山墙外紧贴厅屋者，原有两间夹厢，其上层为女宾观剧之处。今东首已改建为书房，不复旧观。厅东有花厅一，前置假山，绕以书斋，为新改建者。

西路除花厅外，其后杂以小院二，再后上房三进，最后为披屋，有暖桥（廊桥）过河，隔岸设后门。账房置于大厅前，西首若干平屋。路外为家祠及义庄，此祠规模甚大，狮子林贝氏宗祠即仿此而建，浙江吴兴南浔刘氏者亦仿此。计分头门、大堂、二堂，旁翼两廊，堂东膳堂为祭祀时全族进餐之所，祠西为花厅，系祭祖时会宾之所，前后间列峰石。祠前为义庄晒谷场。

景德路杨宅，明代为申时行宅，清乾隆时又属毕沅，至光绪年间（1871—1908年）为珠宝商杨洪源改建。宅南向略偏东，入门屋为轿厅、大厅，从大厅始包括其后各进，周以高垣，饰以华丽的砖刻门楼。大厅后女厅及上房三进，用两个三合院，中列一个四合院，四合院用走马楼（环楼），高敞宏大。最后的三合院亦用楼屋。东路前为账房，后为花厅二进，厅前各间列小院落，栽花垒石。再后为楼厅二，前者为曲尺形，后者为三合院。东西二路之间夹以长直避弄，平面极为规则，气魄宏大严谨。

西街曹宅，为学者曹元忠、元弼兄弟住宅，东向，正路为门屋轿厅、大厅及女厅。而其北路诸屋皆南向，从避弄中入见次第列门，入其门皆有院落，或三间或五间，并不在一直线上。院中植树栽花，各自成趣。此种布局不因朝向、地形而受限制，亦因地制宜之一法。大厅之南布置一狭长的花园，中凿池，前列花厅；西首有精舍数间，全园布局亦甚精巧。

南石子街潘宅，为潘祖荫扩建，南向。是宅在苏州诸大宅中较为晚期，时间在清光绪年间。因此除在原有分期购入的房屋基础上，不加大变动外，在其东另建，中路各进皆用楼屋，苏州大型住宅中之特例。中路可分前后二区，各周以高垣，前者用两个四合院，后者以一三合院与一四合院相套。前后二区之间皆无高墙作间隔，颇为落落大方，尤其后区户窗敞朗，天井广阔，予人以明爽的感觉。三合院两廊之楼为女宾观剧处，栏杆用两层，极尽豪华。东面书斋为曲尺形，向南可达花园。园尽头有花厅，名赐珍阁，三间，亦用楼屋，楼层铺整方砖，所用装修为此宅最精细。东路尽头有家祠三间。

铁瓶巷顾文彬宅，系就春申君祠扩建，除住宅外，隔巷尚有家祠、义庄及花园名怡园者，其营造年代为清同治末、光绪初。宅东南向，门前有照壁，照壁后为马厩、夫役室及河埠。大门内为轿厅，建于明末，用木质。梁架为小五架梁，正如《园冶》所示者。旁为账房，入内为大厅，平面系纵长方形，建于清乾隆八年（1743年）。厅前原有戏台今已毁，其左为书斋有楼，楼上可为女宾观剧处。大厅后自成一区，由一三合院与一四合院相套，皆为女厅上房，俱有楼。东路为花厅（名艮庵）与藏书楼（过云楼）组成一个四合院。花厅前后皆列假山峰石，而厅前者尤具丘壑，其峰石之硕大、玲珑，与艮庵内之灵璧石（今存网师园）皆为吴中珍品。建筑物极华丽精细，槅扇俱用银杏木。此区之后计前后两个三合院，为当时顾文彬退养起居的地方。卧室皆置地屏，装修用材雕刻均为上选。再东除厅事外，其余皆就地形划为各小院。西路有厅一、楼二，为三合院，亦于隙地建小院。而厅旁密室掩假门，不知其内尚有别居。此种手法在苏州住宅中惯用，如史家巷彭宅多至密室两重，曲房深户，令人莫测。

铁瓶巷任宅，清同治年间、光绪初任道熔建。东南向，门前原有大照壁及东西辕门，其气魄之大为苏州住宅之冠，惜已毁。中路为门屋轿厅，构成四合院。入内为大厅，其后女厅（上房）二进翼前后厢，构成"H"形平面，而厅旁二厢与厅不相连，中间小院，其于梢间采光与通风均多好处。东路为花厅，厅南建一小型戏台，台东有二亭皆沿墙以廊缀之，而花木皆不植在中线上，通畅视线。厅东书房建有楼，可作女宾观剧之用。厅西有船轩一，其后有小院一二处，颇为空灵曲折。花厅后尚有楼厅二，皆三合院楼，自成一区，系上房。西花厅为前后花门，东面用廊连之，厅前皆置山石花木。其余隙地则按地形安排小院落。是宅特征在于花厅数量增多、建筑精细。戏台不置大厅前而移至花厅部分，宅内绿化面积增多，装修益踵事增华，其挺秀明快处，在原有形式上有所进展。

小新桥巷刘宅，即耦园。住宅部分为清初陆锦所建，继为祝氏别业，同治后属沈秉成。此宅东南北三面绕河，大门设于南面，中央部分由门屋、轿厅、大厅、女厅等四进组成。门屋与轿厅皆用横长方形平面，大厅采纵长方形平面。到第四进女厅，面阔增至五间，自成一区，用两个相反的三合院构成"H"形平面。中轴旁未置避弄，而第四进的两侧各建小四合院，再在其前配以曲尺形与三合院等。其他部分如东西二花园与住宅的联系，以及房屋与园林疏密的配合，皆能妥帖安排。东园为主人燕游之处，自小花厅起，以高低曲廊通至东北角的重楼，楼前山石峥嵘。西园为主人读书处，前后罗列山石花木，又自东侧小轩斜廊西南行，通至前部书塾。书斋后部隔山石，建有曲尺形藏书楼，极曲折之致。耦园以楼胜，为吴中园林别树一格。

建筑概况总体布置

苏州城东西长3.1千米，南北长4.4千米，面积为约14平方千米的矩形城市，街坊面积为13.4平方千米，建筑占地面积为11.3平方千米，建筑密度为38%，现有六十多个街坊，每个街坊面积小的有3.5公顷，大的有55.6公顷，一般在20—30公顷之间。城内道路纵横，道路系统亦与住宅相平行，从南宋理宗绍定二年（1229年）所刻的平江图上所绘的街坊情况看，与今日现状相对照变动甚微，若干坊名尚沿其旧。城内主要干道为南北向，如临顿路、人民路，东西干道如观前街、景德路、东中市、道前街等。坊巷则极多数东西向，可以通至干道。东西向的巷与巷间距离一般在80—120米之间，巷的宽度最狭的在1.5米左右，巷长约200—400米之间。河流一般宽度2—3米，最狭为1.9米。水坡 1/100 000，水位差仅为 2—

4厘米。住宅在城市中的总体布局有下列各种情况：

一、城南城北住宅少，因过去每有兵乱，南北为入城主道，近城不安全，另一方面距市区也较远。

二、主要市区在观前一带，因此大第宅皆在观前两端为多，其次为景德路、东中市两侧及阊门附近，该处亦有商业市集。再城东北隅临顿路及城东南葑门附近亦有少数第宅。东城以居富商为多，西城以官宦为多，所谓"坊，方也。以类聚居者，必求其类"。到清末，西城逐渐为新兴资本家来代替过去官宦，而东城却渐增官宦住宅。

三、坊巷与河流相平行，故巷有三种情况：其一，两巷沿河；其二，一巷沿河；其三，巷前后无河流。在前两种情况下，柴米等运输可由前门或后门入，但在后者情况下，是利用坊巷两头南北向河流。

四、南北向的坊巷，建筑物有下列情况：东西向、东门南向、西门南向、西门北向等。这些住宅所处坊巷大多是一面沿河，房屋进深很小，朝向又差，过去皆非富室大户所居。更有的是在南北向大住宅之旁、曲巷滩地之间，由富室大户建造小型房屋经营出租谋利，手工业者及普通中、小市民类多居之。平面为"H"形三合院，曲尺形或横长方形的沿街建筑。

五、坊巷因为东西向，在这些坊巷中的建筑皆可南向，为了争取朝南的土地，遂形成纵向发展的建筑，利用逐进封闭性的院落式方式布局。至于有些两巷之间的距离过大，不可能为一宅所占用，若干住宅因此北向建造。在此种情况下，为了得到朝南的朝向，形成了南北向混合的建筑群，如前数进非居住部分北向，其后居住部分则南向。即《一家言·居室器玩部》所云："屋以面南为正向，然不可必得，则面北者宜虚其后，以受南熏。面东者虚右，面西者虚左，亦犹是也。"更有利用火弄（边弄）作通道，形成北基南向。

六、在总体上，住宅厅堂一般皆为面阔三间，在大型住宅至女厅（上房）部分，始有面阔五间以上者，不过从次间或梢间起必间隔，其原因是受当时制度的限制，按《明史·舆服志》："庶民庐舍，洪武二十六年定制，不过三间五架，不许以斗拱饰彩色。三十五年复申禁饬，不许造九五间数房屋，虽至一二十所，随其物力，但不许过三间。正统十二年（1447年）令稍变通之，庶民房屋架多而间少者不在禁限。"从今日苏州旧住宅来看尚存此制。如天官坊陆宅，大厅面阔三间，而平面却为纵长方形，在架方面增加了。入清以后，清制虽无明代规定之严格，然在平面上还保存着部分明代的遗规，正如王芑孙《怡老园图记》上说："顺治、康熙间，士大夫犹承故明遗习，崇治居室。"及证以今日所存清初第宅，其梗概可知。清代虽然在平面上限于面阔三间，但在厅旁次间墙外各加一间来变通，或用东西避弄将厅间数目在左右两翼增加，多者用避弄四条，朝横向大事扩展。因此大型住宅在平面上，大厅总以面阔三间为主，旁以隙地建书房或小花厅等，至女厅后开始面阔增多，一般以五间为习见。阔街头巷张宅（网师园），因基地向后渐大，故其女厅面阔六间，天井两侧以短垣分隔，故外表仍为五间。而梵门桥弄吴宅及天官坊陆宅等后进上房，面阔皆多至七间。在总体看来，中轴线上是后部厅堂总的面阔大于前部厅堂了。

七、苏州住宅能将房屋与绿化地带有机地联系起来，除大型园林在住宅旁占地很广外，普通住宅在院子中皆略置湖石、栽花树，或间列亭阁，绕以回廊等。至于利用隙地，或长或曲，随宜布置得皆为极好的园林小品，如马医科巷俞宅曲园、装驾桥巷吴宅等。至于绿地面积与建筑物的比例，时期愈后绿地面积尽可能范围增大，天井的大小亦同样情形。

八、坊巷中还有小弄，为两巷的中部联系，俾使居民到邻巷不必绕道而行。更有许多私弄，只一面可通，引申到巷的腹部，以利侧门的通行。

住宅平面

苏州住宅的平面，初看似甚简单，系由一进一进的封闭性院落形成，旁列避弄。然细审之则小院回廊、洞房曲户又使人如入迷楼，顿觉东西莫辨。从前人说中国旧建筑是中轴线左右对称，如进行具体分析，言均衡则可，言对称似觉太武断。这些旧住宅充分地应用因地制宜及合理安排的原则，做到如何在原有基础上扩建及改建时达到合理经济、以利符合当时生活需要条件下进行的。计成《园冶》所说"因地制宜"，当然是总结前人经验而言，其影响及后世于此可证。就调查所得，大至四条避弄，小至一个天井的住宅，虽变化多端，然就采光及空气流通起见而言，总不外乎由下列各种与天井（院子）联系成的单体建筑所组合成的。

第一类为曲尺形，是类平面如单独成为一个住宅，为小型住宅，其他如在正路两侧隙地建造者。甚至有因地形关系，不但建筑物作曲尺形，甚至连天井亦有作曲尺形的。更有在主屋旁单面加厢或缀廊的，如东北街韩宅。但是如滚绣坊赵宅，在横长方形的大厅左面加廊，形成曲尺形，这种情况还是少见。

第二类为横长方形或纵长方形，这类平面最为普通，各种厅堂及居屋皆用之。更有用两个横长方形的平面相对配置，中置天井，此即厅之前加一倒座，而不用厢或廊的，如史家巷彭宅。这种平面其前天井则为横长方形或方形，若为花厅则按园庭布置，建筑物有两面邻虚的、三面邻虚的与四面邻虚的。

第三类为三合院式，即主屋旁翼以两厢或二廊，更有主屋与倒座一面用厢或廊联系，如大儒巷潘宅小院。更有对照花厅，一面用廊联系，如铁瓶巷任宅西花厅。在这些情况下，天井有横长方形的，亦有方形的。

第四类为四合院式，有一面主屋，左右列厢，对面用廊，如东北街张宅。有前后主屋左右用廊，如东北街陈宅对照花厅。有四面作环楼的，江南称"走马楼"者，如景德路杨宅、南石子街潘宅皆是。而史家巷彭宅则厅前三面用廊，形成一个四合院。

第五类为"凸"形，即在厅后加川（穿）堂，或厅前正中置戏台上覆廊，如二者并用则成十形平面。

第六类为"工"字形，即前后两厅间廊屋相连，如东北街太平天国忠王府正殿。《长物志》云："忌工字体，亦以近宫廨也。"

第七类为"H"形平面，用两个相反的三合院构成。即主屋翼以前后两厢，如小新巷刘宅。

第八类"日"形平面，即三合院之后加一个四合院连接而成，如南石子街潘宅。

除上述平面以外尚有两种变体，如纽家巷潘宅花厅，俗称"纱帽厅"，即在横长方形的平面上在前凸出抱厦一间，实则《工段营造录》所谓"抱厦厅"，其后左右配两厢，构成凹形平面，以其似纱帽，故有此称。刘家浜尤宅在天井中建一小阁，以代东厢，又用前后两个曲尺形所合成"凸"形。因此将上述各单体，根据不同的地形相配合，组合成复杂多变的苏州旧住宅总平面。

苏州住宅平面的组合，由以上各种单体配合而成，主要以符合当时封建社会的宗法观念的要求，充分表现了父父子子、三纲五常的儒家思想。过去地主官僚在建造住宅时，绝大多数向左右扩展，兼并他姓住宅，在原有旧建筑物的限制下，尽可能少变动，以避弄来作过渡，使中轴线得以正直。当然亦有例外的，如滚绣坊赵宅，便是前后厅事不在一中轴线，这是很少见的。避弄除少数直的，差不多大部分是曲折的，其形成除上述原因外，在功能上是封建社会用为女眷、仆从进出之处。文震亨《长物志》称它为"避弄"，殆即此意，谐吴人音为"备弄"。其次亦大家庭各房进出之交通通道。在解决中轴两侧不规则的地形时，其方法是置小院、造书房精舍或小楼等，面积较大则建筑小花园。天井面积一般为三合院，其深度与建筑物高度为1∶1，宽度三开间以明间面阔为准，或稍大。五开间以明间与次间面阔为准。大型住宅的天井，以采取横长方形为多，并且将两厢进深减小，或易以两廊。天井作横长方形，东西长度大，其优点是在江南通风好，夏季日照少，用地亦经济。再以夏季炎热，复利用前后天井以利通风。后天井长度一般为2米左右，最小有0.8米的，天井中皆植一二株乔木，如无种植，则于夏季搭凉棚来减少日照。后天井除用来通风外，且为檐滴落水之地。因为后墙粉白，冬季反射光可增加北房光线，夏日因天井中植有梧桐芭蕉之属，或有绿色攀藤植物附于墙面之上，更觉满眼青翠。至于纵长方形的天井，一般是用在面阔较小的书斋客轩之前。苏州因夏季较热，冬季不太冷，房屋进深比较深，其后部北向者，亦多可取之。而鸳鸯厅的北厅、倒座、北向房间等，均发挥了夏日凉爽的作用。

外影壁即照壁，过去系按官阶而定，有"一"字形的、"八"字形的、"冂"形的。更有隔河的，必官至一品方能建造。如纽家巷潘宅、葑门彭宅的外影壁（潘世恩、彭启丰皆于清代官至大学士）。它起宅前屏障与对景作用，复饰有"鸿喜"之类吉祥字。至于大门与外影壁之间的

210

空间，则是作为车轿的回转道。内影壁，苏州用者不多，其目的亦为屏障作用。

中轴线的配置，大门一般在正中，对门有外影壁。早期的住宅如大儒巷丁宅、天官坊陆宅等，其平面犹属明制，大门皆在东南角。当然，清代的一些住宅亦有东南角开门的，如古市巷吴宅、史家巷彭宅，还未脱明代的影响，并且入内更有内影壁。有的于大门旁另辟偏门，如东北街张宅、梵门桥弄吴宅等。而宜多宾巷孔宅，其大门南向偏西，西白塔子巷李宅前半部建筑略侧，与后半部建筑不在一直线上，似与风水迷信有关。

自大门入，经门屋达轿厅（轿厅又称"茶厅"，为轿夫休息饮茶之处），皆敞口，无门窗。王洗马巷万宅轿厅虽在大门后，然大厅却在其左，不同置于一中轴线上，则为变例。轿厅旁有小院，其间建筑则作账房，或家塾之用。经轿厅通过砖刻门楼，此种门楼一般用一面刻，早期官阶高者与后期豪奢之家者有用两面刻者。如天官坊陆宅、景德路杨宅。钱泳《履园丛话》云："又吾乡造屋，大厅前必有门楼，砖上雕刻人马戏文，灵珑剔透，尤为可笑。"足见门楼在清乾隆以前形制应较简朴，如东北街李宅康熙时所建者可证。时代越晚近越繁缛。至于门楼上的题字，按该处建筑物的类型不同而异，如大厅

211

用"以介繁祉""清芬奕叶"等字。大厅乃供喜庆丧事及其他大典之用，面阔三间。但在大型住宅中，有的将架数增多，形成纵长方形的平面，因为一方面在功能需要上力求宏大，但另一方面又受制度限制，只好在深度上发展，亦权宜之计。厅前置戏台，厅之两侧建小楼，下层为书房，在上层于厅堂山面梁架间有窗可启，该处即为女宾观剧处。亦有厅事两旁不建楼，而在山面置屏门，这些屏门并不到地，是装在水磨砖贴面的槛墙上，如将屏门除去，垂以竹帘，则为女宾观剧之处，如卫道观前潘宅。大厅后为女厅，亦称"上房"，大多数是面阔五间的楼厅，有分隔为五间的，有仅隔梢间、明间为三间厅的。两旁建厢楼，前后天井中亦有隔以短垣，使梢间与厢房自成一区，皆有独立小天井，便于女眷居住。如次间隔成房，则梢间成为套房，或套房内再加套房的，则称"密室"了，如史家巷彭宅。至于"上房"进数之多寡，则视主人财力而定，最后为"披屋"，亦称"下房"，为婢与女仆居处。这些厅事排列，早期的是一进一门，很是规则。后期将上房部分独立成区（亦有从大厅便开始的，如景德路杨宅），周以高垣，以昭谨慎。其平面又多变化，有"H"形的、"日"字形的，如铁瓶巷任宅、南石子街潘宅等。这些住宅建筑时皆不准备后代几房合居，待子孙支繁，分宅而居，任潘二宅即如此。任宅于西百花巷建新宅（任道熔之子，子木宅），潘宅系从纽家巷老宅分出者（老宅为潘世恩宅，分宅为其孙祖荫宅）。中型住宅只中轴一路，如增一路时，一般皆在东首。盖白虎首不能开口，必求在青龙首。如万不得已东侧无地可求，在西首开门建屋时，必在东首略求一方之地，仅容开启一门亦为常见，如此目的不能求到，则设假门。或东首再置避弄，其前设门。用上述处理手法，则能于厅旁左右皆列门，达对称之目的。东西路建筑，最主要者当推花厅，为主人平时顾曲会宾之处，形式多变化，建筑亦精致。厅事为过去官僚地主用途丰富的建筑物。其标准：（一）大厅之大小，以百桌厅为尚；（二）花厅之华奢，陈设之典雅；（三）砖刻门楼之精细；（四）女厅（上房）之高畅。花厅名称有对照花厅，即南北二花厅相对而建者，如仓米巷史宅、东北街陈宅等。东西花厅，如铁瓶巷任宅。鸳鸯花厅，即一厅内南北二向皆作正面者。苏州此例甚多。独立式花厅，亦为常见。更有花厅后建藏书楼者，如小新桥巷刘宅、铁瓶巷顾宅。至于花厅前后的布置，则按地形设计成小型园林。除花厅外又可安排一些小型厅堂及楼屋以充居住之用。间有于隙地建披屋为"下房"或兼作储藏杂物之用。亦有列家祠以供牌位的。

过去曾有若干住宅于东西两侧建逐进小厅，用以出租予候补官员，如梵门桥弄吴宅者。厨房及厨工住处类皆在偏路之后，邻近后门，周以围墙，单独成区，以防火患，并附以柴房，就近且设谷仓。再如此安排，可使炊事油腥之气不入居住部分，即孔子所谓"君子远庖厨"也。厨工皆为男性，不得与女眷相居一处。再若门房、轿班、账房、仆从、塾师、清客等他姓男子，亦一律皆生活于居住部分之外，与"上房"隔绝。这些充分体现与巩固封建礼教在建筑中的独特的现象。

避弄是夹在两路建筑物中的夹弄，或单路建筑物旁的通道，为苏州旧住宅中引人注目的地方。阴暗深远，狭窄如幽巷，其功能为在建筑物两旁前后起直接联系作用，在建筑群中具有重要位置。宽度最小者仅可通一人，阔者可通一轿。采光方法有：（一）避弄中沿墙之狭小天井；（二）酌开天窗；（三）弄侧墙上漏窗之侧面光；（四）进口出口之光线与通两旁建筑物的门道光线。在夜间则于墙面壁龛内置油灯照明。因避弄内有曲折的通道，有旁列天井，有间或通过楼屋下层，以致屋顶结构极为错综复杂。

外观

在苏州，旧住宅多半用高墙封闭，其围墙有水平形的，亦有露出屋顶一部分的。其形式有硬山式：山墙不出头，循着屋顶坡度做"人"字形，比较简陋的建筑用之。一般山墙皆高出屋面以上，做成梯级形式的五山屏风墙，因可以防火，故又称"封火墙"。更有以前两者混合而用，以水平形高墙相连，露出屋顶一部分，外观错落有致。后期亦有做成观音兜者。天井的深度与屋高比例，在小型住宅有不到1∶1的。其沿街之墙，上部往往用瓦花墙（瓦砌漏窗），或用琉璃预制漏窗的，以利内部房屋采光与通风。

外墙面墁石灰，有刷青煤作灰黑色的，亦有存石灰本色的。因为外墙墁石灰，屋顶覆盖灰色蝴蝶瓦，木料有棕黑色或栗色，配以柔和的轮廓线，予人以雅洁的感觉。唯苏州旧住宅在外墙水作部分不十分重视，而内部装修布置则踵事增华，与附近无锡富商住宅，讲究外观以炫富者有所不同。住宅大门普通为板门六扇，小者亦有四扇的，古式（清中叶前旧住宅）有用竹丝做格门形状者。更有板门外钉竹片呈图案形状者，晚近易用铅皮以代竹片。矮挞门间有仍沿用者。更有门屋作楼层者，大门之上系楼窗，此种形式常见于苏南村镇，而尤以洞庭东西山为多（浙江宁绍村镇亦有之），其用意在防御盗贼及观望之用。早期府第之称将军门者则用大门两扇，佐以砷石（抱鼓石），砷石以刻九狮荷叶盘者最高贵。门上施阀阅（门簪）四枚，前用大照壁及东西辕门。石库门在苏州是比较晚期的，多数用在小型住宅，其两旁间有开窗者，俾使左右双厢受到南熏。除上述几种大门形式外，并有在大门上施门罩的，廖家巷刘宅便是一例。山墙上开窗者甚少，有之亦甚小。其形式作方形或多边形，它与梯级形的山墙配合得很协调。有些沿街的外墙上有灯龛，凹入墙内，外饰以小罩，很玲珑，系置路灯所在。在宅内每一进分隔皆有大门，上砌华丽的砖刻门楼，门之向外一面钉水磨方砖，用以防火防盗。方砖皆正置，每块钉四，更有向内一面加钉铁皮的，不多见。一般皆钉铁板数条。至于边门、后门，做法相同，边门则用门一扇。厅堂两侧通避弄的，用板门两扇，正面（向厅堂一面）髹白漆，加铜制门饰，门框上部冠刻砖题字。门扇上书门对。如逢喜庆及典礼，将该宅中轴线上前部诸门尽启，直达大厅，自外望内，厅堂重叠，在平面上发挥了极深远的作用。巨室外墙更置有系马环者。

建筑构造装饰及其他

苏州旧住宅在建筑构造与装饰等方面，自有其独具的形式与风格，为苏南建筑的代表，其所及范围包括整个太湖流域。特征在柔和、雅洁，吴语所谓"糯"者。兹将各部分分述于下：

墙

外墙一般高为6米左右，厚42厘米左右，其除在安全上起防卫作用外，并用以防火，对隔音亦起很大作用。可分为实砌墙与空斗（心）墙，及下实上空的混合墙三种。墙用石条砌成墙脚（裙肩）部分，其上用砖实砌，砌法有平砌，亦有横直间砌，大多是用三横三直。普通外墙下部用实砌，上半部用空斗。墙面极少开窗，粉饰一般用石灰，外墙有加青煤的。至于住宅内部之墙面，皆为白色，室内更有用白蜡打磨若镜面者，《园冶》所谓镜面墙的。以水磨砖贴壁整面，或壁之下半部分，即《长物志》所指"四壁用细砖砌者佳，不则竟用粉壁"。

地面

天井地面有墁石板的，有铺冰裂纹石块的，有用鹅子石或与缸片铺作图案形状的，有用仄砖铺的，石片间缸片铺的，皆富于变化，用来增加天井的美观。建筑物内部墁砖，其做法是土加石灰夯实，其上铺砂，墁方砖。

亦有不铺砂者。讲究者在方砖下四角倒置四瓮，隙间填砂，徽州、扬州其法相同。复有方砖下砌地弄的，总之上述做法，其目的为防潮。方砖墁地于卧室，则冬季上置地屏，其构造乃用大约 3.5 厘米厚的木板，下置搁栅三根，四隅以四矮脚承之，宽为3市尺，长为4市尺，可自由移动，按房间大小安置。一般每间纵向块数按步架决定，即一步距离置地屏一块；横向则按面阔大小而定数之多寡，其高度约低于石鼓顶面1市寸。《长物志》所指"地屏则间可用之……然总不如细砖之雅，南方卑湿，空铺最宜，略多费耳"，可以参证。至于用三合土瓦地，或在原地面加石灰夯实，不再铺砖，皆受经济条件之限制。故在披屋厨房等处为节省计亦用此法。另有灰土中加盐卤之法。李渔《一家言·居室器玩部》载有以不规则粗砖铺成冰裂纹、肖龟纹的。在江南砖铺地及夯土地面，日久对防潮似起作用不大。一般居住房以木地板为最适用。

柱与柱础

柱皆为直柱，柱下开十字槽以透气。若干明代建筑柱身皆有显著的卷杀，其法沿至清乾隆间尚微具初态。柱形有圆柱、方柱，方柱有抹角与四角刻海棠曲线者。

附近常熟环秀街环秀居（顾宅）花厅，其柱与础皆作瓣状，在苏州地区尚属仅见，想苏州过去定有此做法，惜今遗物无存。柱做长柱，其尺寸与一般住宅厅堂比例关系：如开间一市丈的，檐柱径8市寸，金柱径视檐柱加二成。小型房屋柱径有用小头（柱的顶部）四市寸者（直径为准）。

柱础有平础、木楯、木鼓、石鼓、石（苏南称"篮盆磉"）等类型，更有在覆盆上加木鼓的。大致用平础及木楯、木鼓的房屋皆为明构，古老相传"青石阶沿木鼓墩"为江南明构特征，是有根据的，如东北街张宅、大儒巷丁宅、铁瓶巷顾宅等明构皆如是。木鼓做法有二：一种是柱从底部砍切作方形，外包以木鼓，为虚假性的，施工较易；另一种是将木鼓包在圆柱之外，其法与前者相同，文衙弄七襄公所（明文震孟宅）所见便是后者一种，证以安徽休宁明代住宅所用者，其为明代江南通行做法。小型住宅较旧者，檐柱皆用石碛，因较石鼓为高，防潮效果略好。豪华住宅在明末清初者，有用素覆盆，或覆盆雕刻作荷叶状，如拙政园远香堂。更有于覆盆上加木鼓，在苏州虽仅于府文庙见到，但在洞庭东山民居中亦有之。此外石鼓上施雕刻，或石鼓上连短石柱一段等形状，间有见到。

楼面

苏州旧住宅，一般来讲楼层作储藏之用为多，而若干大住宅以建高楼斗富，楼层遂有作为居住之用。其做法于大柁上置龙骨（搁栅），其间距按檩数而定，大型楼房龙骨断面为方形，小型则为圆形。方形龙骨在大型楼房为 11×18 厘米，大柁约比龙骨高三倍；小型楼房用圆木龙骨，乃将直径约 14 厘米的圆木上下砍去约3厘米。楼板厚度最大者达4厘米，小者亦有2.8厘米。更有楼板之上铺方砖者，与楼板上铺活动地屏者。地屏高度依门槛略低，如门槛高7市寸，地屏则高为6市寸。《一家言·居室器玩部》谓："有用板作地者，又病其步履有声。"因此，楼面结构不得不用以上两法，此种做法过于浪费，究属少数。因为苏州夏季炎热，即使楼上亦置落地长窗。扶梯有设于厅后或两厢，早期亦有在避弄中者，如蔊门彭宅、大儒巷潘宅。

梁架

苏州旧住宅的梁架结构，在中国古建筑中是变化较多的。除正规木架外，充分利用草架。在形式方面可分为两类：（一）彻上露明造，大部分为一般小型建筑；（二）用草架施覆水椽及翻轩（卷棚）的。彻上露明造的小型

220

房屋，大部分用圆料直材，山面多用穿斗式，明间缝用五架梁式。如为厅堂，各缝梁架则均砍杀做月梁形。铁瓶巷顾宅轿厅（明代），梁架用小五架梁，将后柱易为长柱，便于装门。与《园冶》所示相同。此建筑与东北街李宅清康熙六十年（1721年）所建大厅，前后不施翻轩、中安七架梁者，皆为苏州住宅中所罕见。草架一端，计成《园冶》云："草架，乃厅堂之必用者。凡屋添卷（翻轩），用天沟，且费事不耐久，故以草架表里整齐。"又云："重椽，草架上椽也，乃屋中假屋也。凡屋隔分不仰顶，用重椽覆水可观。惟廊构连屋，或构倚墙一披而下，断不可少斯。"据此应用草架的理由甚明白。但更主要者，是由于江南夏季炎热，施覆水椽可隔热兼可防寒，其形式与功能是相结合的，至于便于分隔，仰观屋顶表里整齐亦重要因素之一。

苏州旧住宅厅堂梁架结构一般是与《园冶》所示草架式及七架列式相同，《园冶》所谓："五架梁，乃厅堂中过梁也。如前后各添一架，合七架梁列架式；如前添卷，必须草架而轩敞。不然前檐深下，内黑暗者，斯故也。如欲宽展，前再添一廊。"因此厅堂是以四界大梁（五架梁）为主，前施翻轩（卷棚），其数有一卷或二卷的，更有前用二卷，而其外一卷改用覆水椽做廊式者，如东北街张宅大厅。厅堂卷数加多，则其平面呈纵长方形。花厅梁架与书斋梁架结构变化尤多，材料亦扁圆兼用，极尽草架变化之能事。如鸳鸯厅，南北两面，一用五界回顶（六架梁）"扁作"，一用五界回顶（六架梁）"圆料"，皆做卷棚式，上施草架式。有前后各施卷棚二卷、上构草架者，如东北街张宅花厅（即拙政园三十六鸳鸯馆）。而阊门叶家弄倪宅（原为叶天池旧宅）书斋屋顶用大弧形卷棚，若船篷上施草架，简洁明快，实为佳例。厅内减去平柱而易为花篮（垂莲）柱，苏南称为花篮厅，其做法：花篮柱（垂莲柱）以三间通长整料贯之，其上檩条亦通长整料，故一般面阔较小，受材料限制，如东北街李宅、修仙巷宋宅等皆可见到。楼厅底层用翻轩在腰檐之下，称副檐轩。如无腰檐亦有于金柱与廊檐柱间施之，称楼下轩。或有腰檐作骑廊轩，则轩仅一半于檐下。并有在楼层平座下加小翻轩，楼层屋顶檐口下间有用之。史家巷彭宅楼鸳鸯厅做法，南北皆列翻轩，以覆水椽形成双层屋顶。至于翻轩名称，系根据弯椽形状而定，翻轩根据不同构造有：抬头轩、磕头轩、半磕头轩等。位置不同则有廊轩与内轩之别。因椽之形式不同，可分船篷轩、鹤颈轩、菱角轩、海棠轩、一枝香轩、方形轩、茶壶档轩等。

柱之长度与围径视开间而定，梁之长度视进深而定。扁作大梁如高1市尺8市寸，机面为1市尺，底面为8市寸，上宽下狭，其原因乃由下向上望，不致因视差而变形。此一般言苏南建筑者未及之。梁架作皆为月梁，早期的轮廓挺秀，斜项平缓，雕刻工整柔和，犹存晚明规。清乾嘉时，用材硕健，砍杀雕刻规正。同光以后，用材较轻巧，雕刻松弛扁平，此乃与当时经济背景与手工艺作风密切相关。梁头下之插木、脊桁下之山雾云，为雕刻最突出之处。早期插木轮廓四周带圆形，雕刻工整，剔透玲珑，与明代颇相近。乾嘉时期，雕刻厚重，其后之作，雕刻繁缛扁平。四界梁（五架梁）断面比例，从几处年代较准确之建筑作比较，明末清初，其高与宽之比例为3：2（七襄公所世纶堂）；乾嘉时期，其高与宽比例为2：1（碧凤坊金宅安仁堂、天官坊陆宅清荫堂）；同光以后其高与宽之比仍因之。其实材料本身还是近3：2之断面，不过在梁上两侧覆加辅材二条，形成较高之假断面，唯于受压点，以块木填实。从嘉庆以后，梁上断面逐渐开始趋向上大下小，此式直至晚清民初后成为香山匠师所遵准绳。

早期梁架因断面低，故在山界梁（三架梁）下于斗上置矮柱承托，脊桁下亦然。致使屋面坡度较平缓，其后梁架断面增高，矮柱亦可略去。凡豪华之梁架，在斗下加荷叶墩，又有梁架施彩绘者，前者如大儒巷潘宅，后者如古市巷吴宅、东北街今邮局等，皆乾隆时厅堂。小型建筑，其梁架以"圆作"为多。牌科（斗拱）卷杀，早期者在瓣的两面不凹内，乾隆时的建筑已开始有萌芽，此端与梁柱砍杀同为苏南建筑考订年代之特征。早期厅堂前后不用翻轩，廊用单步弯梁，苏南称为"眉川"。早期断面狭而高，如东北街李宅大厅、拙政园乾隆年间建远香堂。而富郎中巷陈宅之眉川过于繁缛，已非苏南常态，似受宁波建筑之影响。

屋面

苏州旧住宅之屋顶以硬山式为主，屋脊按形式有"雉毛""纹头""甘蔗""哺鸡"等名称，亦有不用脊者。花厅有歇山式，如不用脊亦有之。瓦用蝴蝶瓦，压七露三，其下铺望砖，近檐口部分以石灰加固。瓦头施花边、滴水。间有少数用望板，更有用篾箔者，而简陋房屋则不用望板直接由椽承瓦。屋之坡度乾隆后趋向高陡。一般厅堂檐皆出飞椽，楼厅腰檐出飞椽，上檐飞椽往往略去。花厅如用四落水屋顶，其屋角起翘，有老戗发戗、嫩戗发戗、水戗发戗等。

间隔

苏州旧住宅之间隔，甚为灵活，其大致可分：（一）薄砖墙，用于固定之分隔处，与建筑物垂直纵向为多。（二）屏门，平时作间隔用，可自由关启，又可卸下以扩大空间。屏门有一面装木板，或两面皆装木板，后者属于豪华住宅。明代及清初之屏门犹沿袭明代做法，门枋用圆木，门之宽度较大，如马大箓巷邱宅残存者。最豪华的厅堂中甚至有的用整块银杏木制成，如西百花巷程宅、东北街张宅。张宅曾为太平天国忠王府，原髹朱漆，其痕迹尚存。一般皆刷白色。（三）纱槅，即固定槅扇，用来做间隔，其裙板上雕花，槅心（苏南称"心仔"）易用银杏木施雕，皆法书名画或博古等，填以石绿，古色成趣。或裱糊名人字画及拓本等，有钉以轻纱的，亦颇雅洁。槅扇中如三元坊席宅，用紫檀及红木制，留园及苏州博物馆，有从旧民居中移来亦系红木、楠木制的。在大住宅中尤以银杏木制者为最普遍。（四）挂落飞罩，为房间中一种最灵活与巧妙的间隔。苏州旧住宅中的罩，种类虽不及北京之多，然玲珑轻巧则远在北京之上。其最常用者为乱纹飞罩、藤茎飞罩、圆方八角飞罩等，材料一般皆为银杏木，间有用红木与花梨者。若两端及地，称为"落地罩"。如其形似挂落、两端下垂较飞罩为短，称为"飞罩挂落"。挂落则悬装于廊柱间枋子之间，以"卍"字反复相连为多，亦有用藤茎的。

装折（装修）

苏州之装折为门窗、栏杆、挂落等之统称，即北方之内檐装修。窗有长窗（槅扇）、风窗、地坪窗、半窗、横风窗、和合窗、纱槅等。兹就习见于常例者分述于下：和合窗（支摘窗）一般上下三窗，但有上两窗做支窗，而其下一扇则改成两扇直立小窗，有所变化，如东北街张宅。又有外观做成直的地坪窗（槛窗）形，而实为和合窗的，如铁瓶巷任宅。横风窗有加于地坪窗之上下，形成一竖二横的构图。至于长窗，其形式如以时代而论，早期在心仔部分用柳条式、人字变六方式、柳条变井字式、井字变杂花式、玉砖街式、八方式，或正斜方块、正斜卍字、冰裂纹、网纹等，即都用横直棱条拼成，朴素无华，宜于贴纸或外配明瓦，间有用活动板者。此种图案犹明计成《园冶》所示之遗绪。后期则以宫式、葵式、回纹万字、如意凌（菱）花、海棠凌（菱）角等为多。更有插角乱纹嵌玻璃、冰纹嵌玻璃、葵式嵌玻璃、花结嵌玻璃、八角锦嵌玻璃等。同光以后，豪华住宅其长窗心仔有衬玻璃，而心仔以海棠凌（菱）角为多。迄于晚期（清末民国初）有全部配玻璃者，甚至裙板部分也易玻璃，不过仍用海棠凌（菱）角心仔，非如今日之大玻璃窗。如东北街张宅、大石头巷吴宅等。至于夹堂板、裙板上之雕刻，有仅刻线脚，有刻山水、人物、花鸟及博古图案等，视财力而定，各时期均具特征。其雕刻手法及形式内容，均为考订建造年代之重要依据。长窗开启，一般建筑无外廊者皆向外开，其裙板朝外面有避风雨之外裙板，故裙板之雕刻则向内。建筑物有外廊者，长窗向内开，唯至后期亦有例外。其裙板两面雕刻，不施外裙板。地坪窗于无外廊之建筑向外开，并加外裙板。在有外廊之建筑，多数用和合窗。地坪窗下为栏杆，栏杆外装雨挞板，以避风雨。

栏杆

栏杆有装于走廊两柱之间，有装于地坪窗、和合窗之下。低者称"半栏"，上设坐槛者又称"栏凳"。坐槛及栏凳有木制，亦有用砖与雕空方砖，很雅洁。又以预制琉璃瓦件做栏板的。木制栏杆其花纹以卍川、乱纹、回文、笔管为多。半栏有上加吴王靠，可资憩坐。南石子街潘宅，楼层走廊栏杆内外两层，内木制者较高，外铁制者较低，花纹为新式，因该处并作女宾观剧之用，两栏之夹层为弃置果壳杂物之用。该建筑年代晚近，充分反映封建贵族阶层享乐之生活。

天花

李斗《工段营造录》云："吴人谓罳顶。……所以使屋不呈材也。"在苏州旧住宅中甚少见。马大箓巷邱宅花厅尚见方形格支条糊纸天花一例。江南夏季炎热，屋顶施草架覆水椽，室内空间高畅，隔热效果亦好，李渔《一家言·居室器玩部》所谓："常因屋高檐矮，意欲取平，遂抑高者就下，顶格（天花）一概齐檐，使高敞有用之区，委之不见不闻。"此正苏州旧住宅天花罕见之因。

石作

石料有金山石、焦山石、青石及绿豆石等。金焦二石俱花岗岩，出苏城之西南。青石产洞庭西山，属石灰岩。苏州早期住宅皆用此。绿豆石属砂石一种。乾嘉以后金山石大量采用。青石质细宜于施工，雕刻效果好。至于冰裂纹铺地取青石及黄石，甚雅且洁，易自由拼合。

木料

苏州为水乡，近无高山，故建筑所用木料十之八九仰求于他省，如福建、江西、浙江等地。苏州旧住宅所用木材，杉木品种有西木，产于江西。广木产于湖广。建木，产于福建。明代住宅则以楠木为多，今所谓楠木大厅者。木材因仰之于水运，皆先以一定尺度断料，建筑高度遂受到一定的限制，故苏州"叉柱"之法，得能不衰，仍赓续使用，而卯榫制作特精。余调查宋构三清殿，其柱用"叉柱"。黄杨木、银杏附近兼有少量产之，用于华丽的装修及若干局部。木表髹漆，柱黑色退光；梁枋用栗色，挂落用墨绿，屏门用白色。此皆与江南较炎热气候相关而采用素雅色彩。

花木配置

庭园栽植，其布置方法用叠山凿池则于园林论中及之。普通在住宅中天井石板铺地、花街铺地，总从地面雅洁、宜于淋扫、易于干燥、少长杂草等多方面考虑。并且还要达到扩大空间面积，在室外可作生活活动，此为院落式住宅优点之一。天井中有用砖筑花坛，有用假山石叠花坛，间有置一二峰石，墙角栽芭蕉一丛，或植修竹数竿。植树之目的：第一，能遮炎日，而又要通风良好，且不阻碍地面空间流通。所选树种以梧桐、青枫、树槐之类等干高、下部枝叶少者；至冬季时落叶，满院煦阳，得以取暖，是能符合上项条件。第二，既能遮炎日又散清香，则用金银桂、玉兰海棠共植，花坛中布置牡丹，谐音为"玉堂富贵"。第三，花厅书斋前植白皮松，以其姿态古拙、枝叶松透、小树而寓大树之容。《吴风录》有云："……虽闾阎下户，亦饰小小盆岛为玩。"自宋人记载中已见到当时居民之爱好。因此天井中除栽植植物外，盆栽亦随时作更换之需要。

水井

在一般住宅中，少者一口，多者数口。有在天井中、厨房前或园中，更有在避弄中，或屋内作暗井（井口墁砖）。其他尚有街巷中公井。池中也亦凿井，可以调剂水源，对于养鱼亦多好处。天井中之大水缸，积檐漏而聚之，专供饮料兼作消防之用，称"天落水"。此种大水缸称"太平缸"。

排水

苏州河流纵横，对排水起了很大作用。住宅排水系在天井中筑阴井，大门前有总下水道，过去苏州坊巷皆铺石板，形式与宋代《平江图》所示相符。石板下为下水道，路面修整清洁，范庄前用二横夹一道的铺法，吴人称其为"篦箕街"。近日在旧平江府子城遗址前掘出砖墁路面，其下之下水道亦为砖砌，极完整宽阔。

苏州旧住宅以建筑风格论，明末清初之秀挺简洁，清乾隆嘉庆时之雄健厚重，同治光绪后之精巧华丽，皆为鉴定建筑年代之总着眼处。明末清初，退休官僚以苏州为"颐养"之地，故多营建。清乾嘉时，大官僚地主以当时充沛财力物力建造大住宅，同光以后多数镇压太平天国农民革命起家之官僚又集苏州，踵事增华，遂使苏州旧式大住宅遗存至多。因而，此成为今日研究古代建筑之重要实例。

附记：1958年9月余编《苏州旧住宅参考图录》梓行，曾撰《苏州旧住宅》一文，宣读于10月间北京建筑工程部建筑科学院所召开之学术讨论会，当时所发油印本，今几无存，因索者众，爰将此付刊，并为《苏州旧住宅参考图录》之解说。

1980 年 1 月

于同济大学建筑系

梓室余墨

　　我国之有建筑学教育，自1924年苏州工业专门学校建筑科始，其学制为三年。至1927年夏并入南京第四中山大学，末一年改"江苏大学"，又定名为"国立中央大学"，称"建筑系"，故正式大学之专业，应并入南京第四中山大学始。工专只收学生三届，第三届读一年即停办，师生至宁，以合并关系，故是届学生至1930年冬毕业。张至刚（镛森）告余，渠是届学生，今六十五岁（1973年）矣。

　　我国之传统建筑，不论山间或园林，建塔筑亭，选地佳者，其位置必不在顶部，须略低于最高部，盖存含蓄之意，耐人寻味也。杭州保俶塔，上海佘山秀道者塔等无不如是。山间栽树亦不可如怒发冲冠，其法亦然，使有不尽之意。路生秉杰戏为余曰，北京景山之亭，且恰有置正中顶部者。此为特例，不能以自然景色之配塔亭，与严肃对称之宫廷建筑同一视之，且景山非尽一亭，其旁稍低尚有四亭相配，故不觉其独单无依，危然山巅也。

　　画家用笔各因其所画之不同，选毫有异。老辈画家全仗工力，除工细仕女人物于笔精制外，余则往往以书法工力深，有以作书之笔而写画者，屡屡见到。高鱼占先生写松则以书章草之秃笔为之；余园画竹有声于时，则借力于日本马毫也，以其坚挺刚劲；吴湖帆书瘦金体硬毫书千字则弃之，用笔皆精选，吴门画派之流风也；吴昌硕用书石鼓之笔毫作画；徐悲鸿喜用旧毫秃锋；张师大千山水人物勾勒用北京胡文奎之小红毛，山水之皴、花卉勾筋等亦皆用之，几为作画之主要笔矣。又有大千笔者，系仿之东瀛硬毫，其画荷叶、荷枝及花卉等皆以此笔出之。笔价甚廉，新时可出枝，旧时可点叶。山水点苔有用极坚之狸毛毫，亦用大千笔，题款则常用狸毛毫，书联用长锋硬毫。染色以李福寿大、中、小白云为多，以其柔中带健、蓄水且丰之故。白云加健有兼狼毫羊毫之长。湖州杨振华名笔工，曾为湖帆、大千二画家制笔。北京胡文奎、李福寿又为大千师制笔。少时曾见王竹人先生所用画具，王与父馥生弟菊人、杰人，俱以工细人物仕女写照在浙中负盛名极久。画师费晓楼，书法南田，此派书画极雅洁，故用墨设色非常认真，砚则选端石之上品，细而能发墨，洗涤不留一点宿墨。以小锭轻胶陈墨匀磨（小锭墨烟细），勾勒则紫毫须眉。色则轻胶，石绿石青朱砂以小研钵细磨，漂净用极淡牛皮胶和之。色盘用小格上加盖，不使灰尘侵入。一次用毕，绝不用宿夜者。至于扇面以通草（中药铺有）团轻擦去其油，用柳炭勾稿（柳条必先浸于水中多天，去其树胶及脂，然后以火烧成柳炭），勾成待干，以雉尾帚轻轻拂去，再作设色烘染等。最后用印，上以明矾粉和朱砂轻散其上，略待拂去，印泥已干矣。

张师大千名爰，四川内江人，初习染织于日本，幼从其姐习绘事，后复受其二兄善子先生（泽）画法，善子先生长师十七岁。予等呼善子先生为二老师。至上海，兄弟师事临川李梅庵（清道人）及衡阳曾农髯（熙），故其书法似李曾，画则初为石涛八大，盖亦受之二老也。

甪直

甪直名塑，1953年前以塑像所在地保圣寺天王殿修整，扁舟前往，今则汽艇三小时可达，名塑依然，予则冉冉老矣，重对塑像，顿整新见。曩岁予疑像出北宋人之手，拙见得文化部之采纳。今再从塑壁而言，益证予说之可信也。塑壁山石真北宋荆关之笔也。唐人绘人物有独特之功，而于山石尚未成熟，今传唐人山水可证。山水之法至五代北宋始俑，塑壁山石气势之雄健、浑成，

234

实一幅北宋人山水也。至于所塑之水，用笔之遒劲生动，唯宋画中见之。以此语同行者谢老孝思，深同予意。谢老工画久任苏州文管会主任。

曩崴予编《诗人徐志摩年谱》，于印度诗哲泰戈尔1929年来华一节未能确实其日，但记年月耳。近友人沈鹏年同志处见姚华译泰戈尔《五言飞鸟集》，内刊泰氏一照，胡适为记，文曰："泰戈尔先生今年（1929年）路过上海，在徐志摩家住了一天，这是那天上午我在志摩家照的。胡适1929.4.30"徐志摩序言："我最后一次见姚先生是1926年的夏天，在他得了半身不遂症以后……我说你还要劳着画画吗？他忽然瞪大了眼提高了声音，使着他的贵州腔喊说：'没法子呀，要吃饭没法子呀！'我只能点着头，心里感着难受。"旧社会对老而残之文人画家其残酷压迫如此。徐文写于1930年8月。姚华号茫父，贵州人寓北京，晚年以墨笔谋生。

江苏吴县甪直保圣寺塑像，余鉴定为出北宋人手，非唐杨惠之作也。接北京顾颉刚翁函，老年犹眷念及此。书中谓："此事为刚所首创，而五十年前，人皆不知宝贵，直至日本学者言之，方由蔡元培先生等集资拆下数像，置于一室，而大殿则置之不问，不知该殿今已塌完否？并念。刚所集杨惠之及保圣寺资料，总想在垂暮之年作

235

一整理，说明此像必非杨作。此故事为由昆山慧聚寺移植而来，杨之遗作皆在西北，说不定其人竟未到过苏州，但时代较近，容保存其作风耳。尊见以为然否？便乞示知为荷。"又云："大村西崖谓塑壁更比塑像为有价值，不识尚有遗存否？"其断为非惠之之作，所论与余正同。

保圣寺

江苏吴县甪直保圣寺塑像之发现保护及经过，兹略述于后：甪直为吴县近昆山一水镇，多地主，镇中大小不等之地主计四百户（全镇计三千户），而尤以大地主沈伯安（长慰）、君宜（长吉）兄弟为一乡之霸，沈伯安有女留学日本习幼稚师范，沈将保圣寺之寺基筑小学及幼稚园，并最后拆毁宋构大殿，以其料修建其宅及学校等。

顾颉刚翁于1925年（乙丑）于商务印书馆出版之《小说月报》上刊登有关宋塑像之文，天津南开大学秘书陈彬和函告日人大村西崖，大村是东京美术学校教授，闻讯于1936年4月29日出发来华，5月2日抵上海，遂偕唐吉生（熊）摄影师等去甪直。调查摄影而归，著《塑壁残影》一书，甪直塑像之名，因誉满海内外。大村复经苏州，曾登过云楼，访顾鹤逸丈，盖鹤逸丈为名画家。

而过云楼之珍藏，当时几可驾著名博物馆之上，日文书籍中屡屡述及之。甪直之塑既为世所重，而沈伯安又数度摧残，另一当地人士金凤书者则为塑像乞命，奔走殊力，叶遐庵（恭绰）、陈万里、蔡子民（元培）、顾颉刚、马彝初（叙伦）、金凤书等组织委员会，力图保护之，为时已拖延三载，而宋木构终于被拆，不及抢修。塑像塑壁另由范文照设计一西室陈列馆（额为谭延闿书），就大殿原址建盖，塑像塑壁江小鹣主持，由滑田友复原安上，已拼凑而成，罗汉仅存其六。此存列室原为平顶，漏水，1954年夏，江苏省文管会约余往甪直，遂建议改筑陂顶，今夏（1973年）重见之，屋完固如新，甚以为慰。沈伯安宅为一镇冠，中西渗杂，豪华斗富，其窗扇及窗帘计五重。浴室内浴缸置二具，又于镇旁建钢筋混凝土高瞭望塔，即此二端可证其残酷剥削与血腥镇压甪直地区之农民可见也。叶圣陶（绍钧）、王伯祥（钟麒）二翁皆苏州人，早年尝执教于甪直小学，顾颉刚则婿于甪直。叶翁初期小说以甪直为背景者甚多。

玄妙观

苏州玄妙观弥罗阁，已毁，仅德人柏施曼一照存世。

而阁之形式，尤以顶层多变化，遂为近代建筑家所摹拟，卢奉璋（树森）设计之南京中山陵园藏经阁、杨廷宝设计之南京鸡鸣寺山麓的中央研究院，则皆有高度之评价，仿弥罗阁之精华而以新意出之者。玄妙观道士许鹤梅告我，云阁毁于1912年（民国元年）农历七月六日下午7时，火焚原因盖阁内尘灰多，留有火种而未觉。其时许年十二岁，为道徒，于玄妙观之机房殿。今（1973年7月）重过吴门，复勘查宋构三清殿建筑遇见，亦垂垂老矣，凡兹琐琐，聊供治建筑史者助谈耳。

留园

苏州留园名"寒碧山庄"，此刘蓉峰据是园时名之者。1975年12月游该园于西部土阜中见卧断碑，审之笔迹乃蓉峰所书，文曰："……居之西偏有旧园，增高为冈，窅深为池，蹊径各具，未尽峰峦层折之妙，予目而葺之，拮据五年，粗有就绪，以其中多植白皮松，故名'寒碧庄'，罗致太湖石颇多，皆无甚奇，乃于虎阜之阴砂碛中，获见一石笋，广不满二尺，长几二丈，询之土人，俗呼为'斧劈石'，盖川产也，不知何人辇至卧于此间，亦不知历几何年，予以为解船载归，峙于寒碧庄听雨楼之西，自下而窥，有干霄之势，因以为名。吾吴多名石，其最著者曰瑞云，曰紫和，久为万姓所……"证此文可知寒碧庄命名之由来，然则今无白皮松之存。听雨楼在园北，已不存，干霄峰似在今石林中，容一检。同行者有潘君谷西，郭君湖生，喻君维国，湖生亦最录存。

叶圣陶翁赠诗云："古来妙手善用墨，墨着纸时化众色。古来墨竹为专门，露叶风姿落墨得。陈公贶我墨竹图，神与古会笔自殊。语我苏州近重访，写此一景亦堪娱。览图顿忆故乡胜，无问网师或拙政。廊角栏边阶砌旁，每见此景发清兴。"诗古茂生姿，首四句实画语录也。叶老生于苏州悬桥巷，曾居大太平桥，后买宅濂溪坊。京寓为东四八条，叶老语我此屋原为王帘子宅，王某专承办宫中帘子者，宅计三院，朱栏曲廊、海棠、丁香，静雅中略显华妍。后院桐乡朱叔先生所居，今朱先生下世矣。余少时所读教课书，出朱先生所编者甚多。

绉云峰

绉云峰今在杭州，与冠云、岫云鼎足而三。纽玉樵《觚賸》有记查孝廉伊璜，在吴六奇将军幕府，见园中有英石峰一重，"高二丈许，嵌金玲珑，若出鬼制，孝廉极所心赏，题曰"绉云"，阅旬往视，忽失此石，则已命载巨船送至孝廉家矣。涉江逾岭，费亦千见下方。今孝廉既殁，青峨老去，林荒池涸，而英石峰岿然尚存。"

鉴定古文物、古建筑，必先观其气，所谓气者，整个风俗面貌之概括也。次究其细部，即从大处着眼，小处入手，盖每一时代之物有其时代风貌，虽微细之线脚、色彩，皆各具特征，且经时间之转移，其陈色包浆（即物之表面所现现象）皆示年份长短之确证，故但凭书本所示之特征，而不经亲身之实践，有失之千里之危。葱玉（张珩）在世其鉴定书画，持论颇与予合。

1956年冬予编《苏州园林》出版，叶丈遐翁（恭绰）谓是填词好题材，后越数载有满庭芳一阕题网师园。赠予则云："从周陈君，博学能文，近方编志吴门园林极模水范山，徵文改献之功。记洛阳之名园，录扬州之画舫，不图耄耋见此异书，顾念燕去梁空，花飞春尽，旧巢何在？三径都荒，追维前尘，顿同隔世，适承佳楮属书，录杜诗以应，亦聊写梦痕而已。遐翁叶恭绰时年七十又六。"时1967年4月，《遐庵谈艺录》谓："此图为湖帆杰作，故七年前来京曾征求题咏，然事如春梦，不复留痕，今春刘士能、陈从周二君北来述及吴下名园各情况，云凤池精舍已大异旧观，亭榭无存，花木伐尽，池湮径没，已成废墟，只嵌壁界石犹存，今闻之怃然，盖兴废本属常情，况早经易主。盖造园艺术本吾国优良传统之一，且群众游赏亦文化福利之所需，今吴门百废渐兴，余终望各名园之能保其佳构也。"又徐电发故居假山在吴门升平桥街十四号，传出名工戈裕良之手，结构极有匠心，而知者永多，余告之刘陈二君，必图保存，度二君必能有所规划也。附志于此，以谂后来，遐翁再志时年七十又六，题凤池精舍图。遐丈客吴门初居网师园东训与张师大千分赁于张锡銮（字金波）后人者，后拟购升平桥徐氏故园，以旁建一洋楼未果，遂置西美巷汪甘卿宅，复营修小园，尤以梅花盆栽为盛，抗日战争开始，遐丈南行，其姬人自离并售其所留各物。故"燕去梁空。花飞春尽"句盖有所指也。是宅西门南向，有厅事二，东则为园，余数临其地，为丈摄影若干。

画忌"俗、浊、熟"，难于"清、新、静"，而大巧若拙，"重、拙、大"之境界余一生梦寐以求之，将至死而不可得，有之略具清气而已。

曩岁于苏州网师园论园，予以诸园方之宋词，网师可当小山（晏叔原《小山词》），畅园其饮水乎？（纳兰性德《饮水词》）则又清人之学小山者。留园苑似《梦窗词》（吴文英）所说："如七宝楼台，眩人眼目，碎拆下来，不成片段。"（见张炎《词源》）拙政园拟之白石（姜夔）差堪似之。怡园则唯玉田（张炎）草窗（周密）之流耳。朱子季海颇首肯予之谬论。季海为章太炎最少弟子，其为学有老宿所不能及者。日读书于诸名园中，二十年如一日。吴门诸园，予最爱网师园与畅园，今畅园亡矣。曲廊小池，水阁平桥，独时时萦绕梦寐间也。（其图照载于拙编《苏州园林》及《苏州旧住宅参考图录》）。

裱画店

裱画店，古称"装池"。其匠师今有扬帮、苏帮、绍帮之称。扬帮匠师几全为扬属仪征人。苏帮则旧苏州属诸县人。绍帮多为萧绍二县人。上海过去著名裱画店当推刘定之、汲古阁、清秘阁，其次凝晖阁及翰挥斋等。九华堂、朵云轩、笺扇庄亦附设裱桌，承裱普通书画。其中刘定之为苏帮，而刘本人丹阳人，学艺于苏州护龙街者。翰挥斋姚阿五亦苏帮，姚学艺于其外舅（岳父），其外舅久为画家顾鹤逸装裱，顾固富收藏，其艺技可想见，顾殁设奠往吊一跑不起遂殁。城隍庙专裱红白货（喜对丧对）及低级碑帖。汲古阁虽为扬帮，但聘苏帮匠师，故已非纯扬帮矣。清秘阁胡某镇江人亦扬帮。而凝晖两阁所裱书画以新画为多，皆扬帮匠师。裱旧画者首推刘定之，刘善迎交士大夫，眼高而不动手，其处之匠师如庄桂生（常州人）则誉为极高之水平，裱家之神手也。汲古阁载誉虽低刘定之，但亦名裱家也。今杭州第一裱手陈雁宾即出于是处者。刘定之招牌出词曲家吴梅（字瞿安），叶遐庵丈亦为书一，盖二人皆与刘友善。为刘所作书甚多，均精品，予见之者甚多。绍帮裱家制红白货者多，浙中之次等裱画店皆属之。又有杭帮之为数不多。此数帮匠师，其技术当以苏帮为最精细，扬帮裱旧画心甚有功。以装裱成之画而论，苏帮裱画以手按之，柔软如缎，裱手卷为裱画中之最难者，苏帮所裱展开自如，绝不自行内卷。扬帮作品似嫌稍硬，抚之无亲切柔和之感，杭帮以裱背薄自蜇，终非正规；绍帮生硬僵直、品之下也。至于装轴头苏帮尚矣！其优点在接卯榫处如小木结构不用矾、扬帮则以矾交接，日久轴头脱矣。予当问匠师苏帮之裱画其所以优于他帮者，用纸用绢皆同，而关键在用浆，苏帮用浆抽去面筋，故浆柔和不呈硬性矣。至于裱背，当以料半为上，次则连史，再次毛边，如以毛边裱背，其柔和程度必差。裱画之操作过程，一般匠师皆知，而其要者，一为托画心，一般皆为湿（直）托，即画心后上浆复纸；但画心重色易落者，则为复托，

243

即裱纸上浆，以画复上；而色重几不可着水者，用飞托，以托纸上浆，然后将上浆之纸置于乾纸上吸去水分，再加画心复上，如是画心几不着潮，但弄手迅速，纸不着湿，故名"飞托"。至于旧绢画心，必翻油纸（以画贴于油纸上修补），则又为极细心之工作。旧画心欲其洁净者，一般用滚水冲，亦有用漂白粉者，则伤纸矣。重色画有上（套）胶矾者使其着水不走，但纸经胶矾则脆矣。与漂白粉同样不可轻试。至于用绫绢，产于浙之湖州双林，绫以晚近所见有鹤绫、团花绫、字绫为多。而最佳者则用耿绢，最次者用稀绢。极下者用纸裱绫边、纸裱绢边矣。用古锦类（仿古新织）皆做手卷包手，于画心上下嵌锦线。晚近制锦以苏州邹姓为著，邹久居平江路。至于宋锦则罕见矣。尝闻桂师云其童年居河南，时其外家游宦豫中，客信阳、开封两地久，见其时宋锦尚多。予疑是锦当出自北宋诸陵及宋墓，盖盗墓所出也。非特宋锦，整套之宋瓷亦皆来自地下。按宋陵以锦及瓷入陵中为数甚巨，史乘有记，且宋陵于帝殁后十七个月须建成，故地宫结构简陋。曩岁予调查北宋诸陵，见封土虽高，而地宫穿之甚易，以已盗之陵入口可证。其他宋墓之被盗者当同样有所出土也。至于画轴用木似以杉木为佳，因其木之重量适中，垂于裱件之下整幅平直。且杉木性较软，有胀性，装轴头时卯榫易紧。至于其他硬木则过重，装轴头亦不易，未能以其高贵而认为优也。

怡园

苏州怡园为晚清建造最大园林。园主顾文彬（号子山）富搜藏，其藏书与书画处名过云楼，修筑颇精，楼前花厅布置精雅，灵璧石数座置于厅内，极具姿态，今已归苏州园管处；家具亦精致，悬顾文彬画像于厅右壁。清供中有雨花台石影出十二生肖，甚难得，今藏苏州博物馆。叠石错落有致，此在其宅内。建园与修宅时顾正任浙江宁绍台道员，园之擘画皆出其子顾承手。顾能画，当时画家如吴县王云（石芗）、范印泉、顾沄（若波）嘉定人程庭鹭皆参与设计之事。其建造时每堆一石、构一亭，必拟稿就商乃父，此往返书札尚存其曾孙顾公硕处。

画论云空白非空纸，空白即画也。予去造园亦何独不然，其理一也。园林佳者无法观尽，造园之术亦无法述尽。要之有法无式，逆其理自然千变万化，难穷其尽矣。

拙政园

苏州拙政园过去更换园主至多，今可考者记于下，似可尽得之矣。

王献臣（敬止）、徐少泉、陈之遴、驻防将军府、兵备道、王永宁、苏松常道新署、王皋闻、顾璧斗、严公伟、蒋棨（诵先）、叶氏（拙政园西部）、程氏、查世倓（字俭馀）、吴璥、李秀成、善后局、江苏巡抚衙门、八旗会馆、张履谦（拙政园西部花园，名"补园"）、汪伪江苏省政府、汪伪江苏社教学院、苏州专署、苏南文物管理委员会、江苏博物馆、苏州博物馆。

友人顾公硕姻兄告我，龚锦如苏州水口人，世代累石，曾参与怡园及狮子林假山修理叠石，抗战期间殁，年五十余岁。顾为顾文彬曾孙，画家顾鹤逸子，怡园幼主也。精鉴赏、富收藏，曾任苏州博物馆馆长。其所藏今归中央文物局及苏州博物馆。予曾见其案间虎丘泥像，其曾祖子山先生像（用手捏，面对被捏者，两手于桌下捏）及宜兴制紫砂小件，若菱、藕、花生之属真精品，极为可珍。印象至今犹存。顾又告我怡园藕香榭为姚补云所建。

杭州水星阁

弱冠就学杭州东城梅登桥，两浙盐务中学，其北有水星阁，六角三层，晚近构。曾写生作画其下，距今（1972年）已有四十年矣！阁前有三碑亭，中碑记宋张偱王（俊）之孙张功甫（镃）舍宅为寺（广寿慧云寺），事在宋光宗绍熙元年（1190年），由楼钥（大防）作记，并题额，于理宗景定三年壬戌（1262年）重立。南碑记水星阁原始，清乾隆六十年（1795年）立。北碑记重修事，1920年立。其旁有大池，宋之南湖也。今称白洋地（俗讹"没娘池"）。

"案，张镃居杭州北城之南湖"，《齐东野语》称其"园地、声妓、服玩之丽甲天下"，其治宅年代可考者：淳熙十二年乙巳（1185年）始为玉照堂，绍熙五年甲寅（1194年）成，见《齐东野语·十五》"玉照堂品梅"条及《癸辛杂识》后集；淳熙十四年丁未（1187年），始为桂隐，庆元六年庚申（1200年）成，见《武林旧事》卷十"约斋桂隐百课"，桂隐百课备载桂隐堂随桥地之名，有写经寮，在亦庵，与姜词"写经窗静"句合；又桂隐北园有苍寒堂，注"青松二百株"，《南湖集》卷五有苍"寒堂梦松"及"苍寒堂诗"，卷六有"参政范公因书桂隐近事奉寄二首"，亦云："最是今春多伟绩，万丛兰四百株松"，与姜词"种松"句合。此词当是贺桂隐落成。陈（思）谱定为淳熙十四年丁未功甫舍宅为慧云寺时作，非也。

嘉靖《仁和县志》："今城内南湖，称白洋池者是也。张既以园为寺，今称张家寺。旧碑犹存。"成化《杭州府志》："白洋池在梅家东，周三里。"《浙江通志·山川》："白洋池一名南湖。宋时张镃功甫构园亭其上，号曰桂隐。后舍为广寿慧云寺，俗呼张家寺。碑有镃舍宅誓愿文云：秀踞南湖之上，幽当北郭之邻。"是也。

《南湖集·七》有桂隐纪咏四十五首。《蝶恋花·南湖》云："门外沧洲山色近，鸥鹭双双，恼乱行云影。翠拥高筠阴满径，帘垂尽日林堂静。明月飞来烟欲暝，水面天心，两个黄金镜。慢飐轻摇风不定，渔歌疑乃谁同听？"

张镃自号约斋居士，见《武林旧事·十》，镃作《赏心乐事序》。

《齐东野语·二十》：张功甫豪侈条，记王简卿尝与功甫牡丹会，极称其声使之盛。《浩然斋雅谈·中》亦记陆游会饮于南湖园，酒酣主人出小姬新桃者歌自制曲以侑尊。《南湖集·十》有梦游仙词题云："小姬病起幡然有入道之志。"皆足与姜词"双成"之语相证。而史浩为广寿慧云禅寺记，则称其"闲居远声色，薄滋味，终日矻矻攻为诗文。自处不异布衣臞儒，人所难能。"《南湖集·五》自咏诗亦有"红裙遣去如僧榻"句，或其暮年生活耶。

上据夏师瞿禅（承焘）《姜白石词编年笺校》。南湖之西北俗呼小北门者，城内于1933年左右发现宋磁甚多。予少时所见南湖，其北有水星阁，东南侧有土阜小池已围入营墙内，余则菜圃桑园矣。

附夏承焘《天风阁学词日记》1933年5月4日条：

与孙端颀（正容）往梅东高桥水星阁访张氏

249

宗祠，寻玉田世系。一老者导入，仅泥塑一张功甫像，旁列校刊南湖集者鲍廷博、朱文藻木主。另一橱列木主甚多，皆清人，无宋代功甫子孙。晤一广寿和尚，六十余岁，慈溪人，住此三四十年。云："宋后张氏子孙，仍回秦州，两三年来此一祭。民国后仅来两三次。"云："道观史浩慈云广慧寺碑，能举功甫遗事，及齐东野语诸书名。"云："功甫贬死象台。象台在墨龙江。"不知信否？并以新刊南湖集及广慧寺志为贻，予允为诗以报。

宁波河姆渡遗址

1974年1月4日晚7时轮发上海十六铺码头，次日晨7时达宁波，同行者有秉杰、维国诸弟等，盖此次为余姚县河姆渡发现新石器时代遗址，并木构建筑残存，浙江博物馆邀我等参观也。

到宁波匆匆早餐，急赴天一阁宁波市文管会，虞逸仲同志见我等至喜出望外，因我等此事之得悉，逸仲先函告知矣。曩岁自保国寺之宋构正殿发现后，前后十余年中数至其地，曾多次由逸仲接待也，旧雨重逢倍感亲切。是日作天一阁小游，宿华侨饭店，女同学张华琴来，华琴与秉杰同班，嗓音不下其同学朱逢博，朱竟成名年矣。

6日早餐毕，登天封塔，重游之下塔貌全非，盖1957年修后，虽过而未入也。塔始建于唐武后"天册万岁"至"万岁登封"（695—696年）间。今存者为元至顺元年（1330年）所建者。1957年重修时于顶层发现五代钱弘俶（955年）所造铜塔。

午后别逸仲小轮入余姚江，4时至河姆渡，浙东山水明秀宜人，舟行江上，宛入图画，真四明山水卷也。舍舟即为文化遗址，牟君正杭笑脸相迎，导我等参观遗址，作详细介绍。遗址低于今地面4米余，低于姚江水位。晚宿考古站所借农民宅中，窗槅两层，其外即护窗也。家具古朴，具宁式木器之特征。

7日上午观出土器物骨件，并木构遗址，今遗址中所余木构，除一号为圆形中作方窨穴者，大遗址尚未见南北尽端，均难下定论。至次日南端出残木若干，其为长方形建筑，形初定矣。下午继续考察，晚与当地浙江考古队及林业局同志开座谈会。余虽有所谈话，殊难下绝对年代之定论。新石器时代之遗址，则可确定。

8日上午偕秉杰、维国，遍视居住附近民居，此间原为慈溪县，今划入余姚，以富商巨贾为多，盖为旅外者，于家乡均建有大宅及祠堂。其住宅以三间二弄（称"八尺弄"）或五间二弄为标准，可构成一字形及三合四合者，而皆用外廊月弓梁，十字拱圆栌斗。廊柱与廊柱间略去联系枋子，于结构似见隐定。凡兹琐琐则又皆为宁波建筑之特色也。

正房五间或三间，其正中之一间有作厅事者，不筑楼，其梁架于正规梁上，施复水椽草架，下层梁架外并增贴虚假性之月弓梁，拱斗之形，以显其厅事堂皇，厅之前后作极浅之假楼，外观仍为统一之楼厅也。予谓明清以后，民间草架之法多矣。如能作一探求，大有文章在也。

3时许乘船至丈亭，渐入旧余姚境，小船游荡苍波中，层峦敛翠，晚霞四射，深沉发光。立舱上，虽朔风扑面，不忍遽去，四十年前扁舟行于山阴道上，其景仿佛似之。丈亭为一小镇，无宁属味，渐近绍兴风貌矣。豆腐极美，饱餐后登车，逸仲已于站门鸠候多时，于心至感不安。

留天一阁四天，以该馆属拟新建藏书楼事，秉杰执笔为之。阁藏明代椅三，其一有深刻题记，上为明徐枋所题，下则冯桂芬志语："同治甲戌余在下沙乡得此二椅，因先生家物，因识之。冯桂芬。"徐枋号俟斋，苏州人。

冯居苏州木渎，宅甚巨，而此椅流之宁波，今保存于范氏天一阁，诚奇事也。

宁波不到十年，明代住宅毁者十之八九，存者寥寥矣。银凤街一宅大厅不但构架好，且布局雄伟，利用三间二弄之基本原则，而廊深庑平，古意盎然，可宝也。正民街一宅构架亦好，总体略逊之。复观卢抱经之抱经楼，清乾隆间物，式仿天一阁，而大木之壮硕、构件之精确，足窥一时之财力物力，建议拆移天一阁。

宁波住宅因利用穿堂风及抗直射日照，故出檐较深，下层用廊，而东西南北以弄贯之，所构成之院落，冬暖夏凉，于设计手法甚多高妙处。

余姚河姆渡古文化遗址之发现，其首功应为该地之罗江公社书记罗春华同志，罗同志语我，（1973年）七月间筑水站有出土骨及陶器，罗以此上报，旋浙江省博物馆派员勘查，组织人力科学发掘，遂获今日之成功。解放后劳动人民当家作主，使各项事业迅速发展，于我教育甚大。

制笔

我国制笔晚近名手，予知者当以北京李福寿、戴月轩、胡文奎，以制狼毫闻世，其特点在肥厚，锋挺耐用，尤以李制北狼毫更为书画家所乐道。戴月轩制笔似较李为略瘦。虽然北京诸铺善制硬毫，但羊毫亦并不示弱。胡文奎出小勾勒笔一种，名红毛，极精，即今上海之红豆乃仿其作耳。湖州张汉林制羊毫，选毫至上，一笔用之数年尚如新。杭州邵芝岩、石爱文两家。邵之制笔从选毫直至笔管刻字，无一不精，其制羊毫真可谓独步。石爱文与其门户相对，差相距远矣。盖石为安徽墨商，非善制笔也。上海有胡开文、曹素功等徽墨，铺兼制笔，不佳。而湖州人杨振华初设摊于上海的书画展览会，后设店于福州路，但其个人仍驻展览会，以成都路上海画苑为最久（先在宁波同乡会大厅），其制笔能保持湖州之特色，复能吸收北京诸家及日本笔、朝鲜笔之长，蔚然为名家矣。而关键处在能征求书画家之意见，根据各家需要而制笔，不拘泥于成法也。金华周虎臣所制羊毫，价廉耐用。徽商不善制笔，予初不解，今客歙县一年，始悟其故，盖原料系主要原因，徽州诸属气候夏季午热，湖羊养殖不繁，毛不茂，兼狼毫枪不坚，故所制笔瘦弱，因产墨故须与笔相辅，遂亦制笔，非主产也。唐人白居易诗称宣城匠师精制紫毫，宣徽邻府，今皆不见有此名笔。湖笔羊毫细而纯，北笔羊毫刚而健，各有所长，实羊因气候之不同，毫有所别也。狼毫则唯北狼首屈，它无可及者。至于马毫、紫毫、狸猫毫、羊须、鸡毫（颖）等则非主流矣。马毫传自日本。民初余绍宋（字樾园）辈画竹始用之，以其坚挺也。湖笔羊毫出湖属善琏镇，皆为粗坯，畅销各地，正如宣纸出泾县也；而笔之佳者，全在选毫加工，与宣纸之经笺纸铺之加工相同。至于笔管端加固，晚近之事，似始于北地笔工。盖以松香胶结日久易落也。

少时曾见肩贩商，有安徽徽州属之笔墨商、浙江绍兴属之兰花商、青田之青田石（刻图章石）商，皆徒步千里，沿途成交者。徽之笔墨商，肩荷货物，沿新安江入浙至浙江各县。又有经绩溪、宁国入长兴、吴兴至浙者。至一地暂住，藏笔墨于蓝布袋中，此袋前后置物搭于肩上，沿途叫卖，童年乡居于学塾门前，每从此购笔墨。货售毕再进当地之货物，步行返徽。绍兴出兰花，以竹筐肩担至浙西苏南经售，售毕亦进所需之货，徒步回乡。此皆在春耕之前。至于青田石商，一担千里，远涉重洋可至国外销售，其艰苦持远之毅力诚可颂。盖青田山区地贫少产，而最主要，在旧社会劳动人民无以为生，遂有是举。

中南海怀仁堂

北京中南海怀仁堂建造年代，据朱桂辛师启钤遗稿："西苑之仪銮殿。此殿是八国联军入侵北京，德国军瓦德西占住，先火焚毁，西太后'回銮'以后，光绪廿七年（1901年）由内务府照原样重建的。样式雷家档案载明设计图样，内务府档案也有记载。此即现在中南海怀仁堂前身，在袁世凯政府时加建一个罩栅，将前后联成一气，为大礼堂及演剧、集会厅之用。1950年，中央人民政府改为人民代表大会堂。"据此则怀仁堂建于1901至1902年时。

少时见浙江东阳匠师打井，其于井底之构造殊深考虑，其最底层置大石一皮，上复小石、细石各一层，铺炭，炭之上加棕，然后以松板镇面，板开数洞以透水。有砌砖为者，亦有砌石为圈者，圈之下部，亦环以棕。井打成，聚水后置矾及雄精消毒，讲究者此第一次聚水不饮，车干后再聚者始饮用。

对上海市档案馆的希望

上海市档案馆新馆建成，许有方、林德辉两馆长邀我去参观，并为安排庭园花木、水石方池。当然，"好花须映好楼台"，建筑物没花木，等于美人没有修眉，也缺少云鬓，再美也是个冬瓜。

史之成在于史料，因为有真实的第一手资料。我现在最讨厌看"传记"，史实很多不符，水分掺得太多，这是小说了，这种现象是可说仅求"趣味"而少史学知识。通过多少次的"运动"，失去了多少珍贵的重要原始资料。如今档案馆之成，确是做了件好事，为将来写史保存了大量史料，是千古不朽之业，是会得到子孙的颂扬的。

天下有很多的无名英雄，档案馆虽然不及开发公司可以红极一时，但是是流芳百世的，图书馆、博物馆、著名出版社（像过去的商务印书馆），这都是中国文化的宝藏。今天上海市档案馆亦是在中国文化史上要占光辉一页，我尊敬馆中的工作人员，他们是无名英雄，为祖国文化埋头在做好事。

图书馆、博物馆、档案馆都是出学者的地方，档案是死资料，工作人员是活资料，要有终生于斯的雄心壮志。今后上海有很多的历史书要写，只要是有心人，精力充沛，踏实地充分利用档案馆，必定有很高价值的书出来。因此档案馆对于史料的收集、管理、借用等一系列的科学办馆工作，放在眼前了，而这优美的环境，为学者制造了更好的条件，是我所希望与高兴的。

当然，档案馆得办成功，还是要依靠大家的。名人的子孙们，对先人的遗著遗物，不要认为是己产，应该帮之于档案馆，永久保存，发挥作用，这是孝顺先辈、对得起前人的事。名山百世之业，如今不再藏之名山，而应藏之档案馆了。

档案馆不是政府行政机构，是学术文化事业单位，需要专门人才，要培养专门人才，要有专业的训练，要读书，人员不能随便调动，要有终老于馆的信心，而不是"养老院"。我希望上海市档案馆能培养出大批档案人才。必有一天，上海市档案馆是要世界闻名的，因为上海在世界上与中国历史上是有它特殊地位的。新馆初成，愿望如此。

1991 年春

病中情

寂寞空虚谁念我，怀人天气近清明。春节前进了医院，花落花开，送我病中身；乍晴乍雨，病房的环境，太使人伤感了。"一春心事罢歌声。"昆剧在录像，为去日本演出而排练，病院与剧团相距咫尺，可是未能扶病前去，病房前的阴沉、病人的呼叫，真不够人生的味道。自叹为何受此灾难。四个月的岁月，也就是这样是磨了过去，可是想得太多，老命太苦，唯垂泪而已。每天，就是望着来看我的人。

病中我最感激的是小女儿，她从我病危中一直到出院，无时不在我身旁，真可说相依为命了，父女感情太深厚了。我的老师陈直生（植）先生，亲自来看我，温勉有加，说不尽的话，力劝我忍耐，戒去香烟，仁者之言也。还有家人朋友，石生、迅生……在病情中我都体会了，人情都到病中来，我常常默然，是永远忘不了的。

出医院，住在小女家中，一个人寂寞透了，人太多思虑，无聊，渐写到心情，又有何话可说呢？写出的一点，是泪痕，是苦味，徒添来日惆怅的回忆与人情的感激。

1992 年 4 月 16 日

虞美人

病房有寄

病房不比僧房静，
雾失孤馆影。
朝来不解夜梦非，
双泪落枕心事转凄迷。

人言隔院如隔山，
归期山外山。
一春心事罢歌声，
花落花开送我病中身。

1992 年 3 月 28 日

后记

　　周颖南先生在豫园举行雅集，小坐在谷音涧游廊。杜宣翁对我说了一句宋词"吹笛到天明"，我报以"临流可奈清癯"。而苏渊雷老人小酢迎来，我说"信步园林，以诗酒自适"，就是这样消闲在泉石清景中。夕阳红薄，花影不分明了，我们也就离去上得月楼。中秋后的月亮，比中秋时还要明洁，云影淡淡、清风习习，有人情、有画意、有诗境，这才是临流水石最宜秋。

　　我已步入这宜秋的人生道路，前几年陆续出了四本散文集，第四本名《随宜集》，百岁老人苏局仙为题眉；现在这本新集，称为《世缘集》，感谢真禅上人书写了书名。我在世上一切都见缘，人也许是"缘"中占最突出的地位，还有其他的一切。我与风景园林、昆曲、书画、古建筑等都是缘。丰子恺先生有缘缘堂，他是个仁者，而我在人世间仅仅做到随缘而已。《世缘集》不过续前几本小书，记些世缘，人在世一天，世缘是未了的。小孙女媛媛每天在旁，依依膝下，背古诗给我听，老颜为解，我在她身上寄托了无限的深情与希望。重阳节，在远地的大女儿来电问候我，媛媛背"每逢佳节倍思亲"给她听，接着"遥知兄弟登高处，遍插茱萸少一人"，我黯然了。她父女无缘，生下来从未见过父亲。一个小孩有这样的感情、心理，世界上真有微妙的东西存在着啊，等她长大了，无诗的话，也是有情的回忆。

我近来对青年人，总教他们惜阴、惜物、惜情，脱离一点低级趣味。光阴者百代之过客。我自知不是作家，我也不为因文而造情，草草的文字，原不值一钱，不过记点世缘而已，读者望勿以迂陋而见责也。秋凉似水，旧游如梦，梦回莺啭，记点梦痕而已。感谢钱丈仲联教授、邓兄云乡教授为此书写序，季生聪夏秋之交为此书整理辑录，石生、迅生冬春之季为此书奔走摄影！苦海无边，回头是岸，晚晴天气，梓室中书此后记。

陈从周

1992 年春

陈 从 周 作 品 精 选

出　品　人　　　　　康瑞锋
项 目 统 筹　　　　　田　千
产 品 经 理　　　　　贺晓敏
编图及版式　　　　　宽　堂
封 面 设 计　　　　　InnN Studio

从 周
书法　陈从周先生

《谈园录》
《书带集》
《春苔集》
《帘青集》
《随宜集》
《世缘集》
《梓室余墨》

陈从周作品精选

在这里，与我们相遇

领读名家作品·推荐阅读

领读小红书号

领读微信公众号

黄石文存

冯至文存

费孝通作品精选

何怀宏作品选